내가 옳지
않을 수 있으니

정 태 성

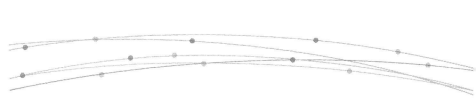

도서출판 **코스모스**

내가 옳지
않을 수 있으니

머리말

이제까지 살아온 것을 돌이켜 볼 때 가장 어리석었던 것 중의 하나는 제 자신이 옳다고 생각했던 것이었습니다. 나름대로 가지고 있던 지식과 지혜로 판단할 때 제가 옳다고 확신했지만 결코 그렇지 못했습니다.

이제 와서 이것을 깨달았기에 마음이 아프고 후회될 뿐입니다. 그동안 그토록 어리석게 보낸 시간이 아쉬울 따름입니다.

제가 옳지 않을 수 있다는 것이 저를 더 나은 모습으로 성장시켜 주는 가장 중요한 요인이 되는 것 같습니다. 이제는 다른 사람의 말에 귀 기울이고 제 자신을 애써 내려놓으려 노력하고 있습니다.

지나간 것을 어쩔 수 없으니 이제부터라도 더욱 노력을 하려고 합니다. 열린 마음으로 보다 많은 것을 포용하려고 합니다.

2022. 12.

저자

차례

차례

1. 옳다고 생각하니 괴로움이 생길 뿐

내가 누군가와 이야기하고 있을 때 그 사람의 얼굴은 볼 수 있지만, 그의 뒷모습이 어떤지는 알 수가 없습니다. 뿐만 아니라 그 사람의 내면의 모습은 더욱 알기가 힘들 수밖에 없습니다. 대화를 하게 해주는 언어조차도 정확하게 서로를 이해하기 힘들게 하기도 합니다. 상대가 생각하는 것이 언어가 매개가 되기는 하지만 나는 그와 생각하는 것과 다르게 생각할 수도 있습니다. 똑같은 단어와 문장이라도 서로 의미하는 것을 다르게 이해할 수도 있기 마련입니다.

나는 아무리 가까운 사람이라고 할지라도 그 사람을 정확히 알기는 힘듭니다. 우리가 알고 있는 것은 그저 온전한 것의 일부일 뿐입니다. 그 일부를 가지고 우리는 자신이 옳다고 생각하고 믿고 행동하는 것입니다. 나 자신이 생각하는 것이 어디까지 옳은 것일까요? 내가 확신하는 것조차 문제가 없는 것은 아닐까요?

우리는 너무나 쉽게 모든 것을 판단하고 결정해 버립니다. 잘 알지도 못하면서, 다른 이면의 모습이 어떠한지 알아보려는 노력도 하지 않은 채, 오직 자신이 생각하는 것을 전적으로 의지하고 확신하여 결정해 버립니다.

우리가 옳다고 생각하는 것이 정말 옳은 것일까요? 그 옳고 옳지 않음의 기준은 어디에 근거하고 있는 것일까요? 모든 것을 확실하게 할 수 있는 지식과 능력이 나에게 있는 것일까요?

그렇지 않을 것입니다. 내가 옳다고 생각하는 것은 단지 나의 생각일 뿐, 옳지 않을 수도 있습니다. 내가 옳지 않다고 하는 것이 옳을 수도 있습니다.

시비를 다투는 것은 나의 욕심 때문에 생기는 것이 아닐까요? 누가 옳은지 따져보는 것 자체가 문제가 있을 수 있다는 생각이 듭니다.

물론 그러한 것을 안 할 수는 없을 것입니다. 하지만 그러한 것에 집착하게 된다면 당연히 그로 인한 괴로움이 따를 수밖에 없을 것입니다.

옳고 옳지 않음은 내가 만들어냈거나, 상대가 만들어냈거나, 아니면 다른 이들이 만들어 낸 것입니다. 그러한 것이 정말 옳은 것일까요? 이 세상에 완전한 존재가 있을까요? 그러한 존재가 있다면 모르겠으나 우리 모두는 불완전한 존재이기에 그로 인해 생각되고 만들어진 것은 불완전할 수밖에 없을 것입니다.

불완전한 것을 근거로 생겨난 것을 옳다고 주장하고 애쓰고 노력한다면, 이에 따른 아픔과 괴로움이 존재하게 되고 우리의 삶에서 힘든 것들은 죽을 때까지 끊임없이 계속될 수밖에 없을 것입니다. 한 번도 마음의 자유를 누리지 못한 채 그렇게 살아가기만 할 것입니다.

옳고 옳지 않음을 잠시라도 떠나본다면 마음의 자유를 어느 정도 느낄 수 있을 것 같습니다. 그러한 순간을 더욱 늘려가다가 보면 시비를 떠나 다른 존재로부터 생겨나는 괴로움에서 벗어날 수 있지 않을까 생각해 봅니다. 나를 주장하지 않는 것이, 나의 뜻대로 모든 것을 하려고 하지 않는 것이 오히려 나에게 내적 자유를 주는 것이 아닐까 싶습니다.

2. 태양은 모든 것을 주고 돌려받지 않는다

　어제는 비가 내리더니 새벽에 비가 그쳤는지 오늘은 맑은 날입니다. 하늘을 바라보니 구름 한 점 없이 햇볕이 내리쬐고 있었습니다. 주위를 둘러보니 햇볕은 존재하는 모든 것에 있었습니다. 나무건 잔디이건 콘크리트 바닥이건 사람이건 그 모든 것에 햇볕은 있었습니다.

　태양은 존재를 가리지 않고 그렇게 모든 것을 비추고 있습니다. 그 존재의 가치나 모습을 따지지 않고 고르게 자신의 에너지를 나누어 주고 있었습니다.

　태양은 그렇게 모든 존재를 분별하지 않습니다. 태양은 좋아하는 존재도 싫어하는 존재도 없습니다. 어떤 존재에게 햇볕을 줄지, 어떤 존재에게는 햇볕을 주지 않을지 생각도 하지 않습니다. 그저 존재하는 모든 것에게 자신을 나누어 줄 뿐입니다. 경계도 없이, 구별도 없이 그렇게 자신을 내어주기만 할 뿐입니다.

　우리도 주위의 존재를 분별하지 않으면 좋을 것 같습니다. 그렇게 한다면 그 어떤 특정한 대상에게 집착하거나 연연하지 않을 테니까요. 내가 특별히 좋아하는 것에는 모든 것을 주고 그렇지 않은 것에도 아무런 관심을 주지 않으니 나중에 그 특별한 존재로 인해 더욱 커다란 아픔과 힘든 일이 생기는 것인지도 모릅니다.

태양은 자신을 그렇게 주지만 돌려받는 것은 하나도 없습니다. 지구상의 그 어떤 존재도 태양으로부터 에너지를 받았다고 해서 자신의 에너지를 태양에게 돌려주지는 않습니다. 그것이 당연하다고 생각하는지는 몰라도 태양은 그것에 대해 아무런 불만도 원망도 하지 않습니다.

우리는 살아가면서 너무 많은 생각을 하는 것 같습니다. 내가 누군가에게 무엇을 했다면 그가 나를 위해 무언가를 해주기를 기대합니다. 그러한 생각이 존재 그 자체에 나 자신을 투입하기 마련입니다. 그러한 투입이 나에게 돌아오지 않으면 우리는 그 사람에게 실망하고 속상해하고 원망하며 불만을 갖게 됩니다.

만약 그렇더라면 처음부터 그 누구에게 아무것도 해주지 않는 것이 나을지 모릅니다. 아무것도 주지 않았으니 아무것도 받을 일이 없고 그로 인해 속상하거나 마음 아파할 필요가 없을 것입니다.

그 사람이 나에게서 어떠한 것을 원한다고 해도 그냥 주지 않으면 됩니다. 그 사람에게 내가 무엇인가를 주면 나도 무엇인가를 받아야 좋은데 아무래도 받을 것 같지 않으니 나는 아무것도 주지 않겠다고 말하면 됩니다. 비록 그가 서운하다고 하더라도 내가 주지 않는다고 하여 그 사람이 나에게 해코지나 피해를 입히지는 않을 것입니다.

그 사람에게 무언가를 주거나 주지 않는 것은 전적으로 나의 선택이기에 그에 따른 결과 또한 나의 책임일 뿐입니다. 주고 나서 후회하느니 차라리 아무것도 주지 않는 것이 서로를 위해 나을 것 같으면 그러한 선택을 하면 됩니다. 너무나 단순하고 명료한 선택인데도 불구하고 그것을 하지 못한다면 그것은 나의 잘못일 뿐입니다.

태양처럼 모든 것을 주고서도 아무것도 돌려받지 않더라고 아무 문제가 없다는 마음으로 줄 수는 없는 것일까요? 내가 주었으니 어떤 형태라도 일부는 돌려받아야 되는 것인가요? 왜 주고 나서 후회를 하고 있는 것인가요? 내가 주었는데 왜 그것에 대해 다른 사람을 원망하는 것인가요? 내가 무언가를 그 사람에게 주었다면 그 순간 아무 생각도 하지 않고 잊어버리는 것이 나을지도 모릅니다. 모든 것을 주고 하나도 돌려받지 않은 채 내일도 모레도 영원히 우리에게 자신의 에너지를 내어주는 태양같이 아무 생각 없이 살아가는 것이 현명한 것이라는 생각이 드는 오늘입니다. 태양은 아직도 그 모든 존재에게 햇볕을 나누어 주고 있습니다.

3. 무엇 때문에 싸우는 걸까?

우리는 여러 가지 일들로 인해 주위 사람들과 싸우곤 합니다. 지나고 나면 별것도 아닌데 마치 생사가 걸린 것처럼 치열하게 싸우기도 합니다. 그 싸움의 원인을 객관적으로 살펴보면 그것이 존재 그 자체보다 중요한 것은 아마 없을 것입니다.

물론 싸우는 이유가 있어서 싸우기는 하겠지만, 우리가 하는 생각이 어찌 보면 가장 중요한 원인이 되는 것이 아닐까 합니다. 내가 하는 생각이 꼬리에 꼬리를 물고 일어나서, 시작은 정말 미미한 것이었는데 생각하는 시간이 지나면서 거대한 폭풍우처럼 싸우게 되기도 합니다.

누군가와 싸워서 얻는 것도 분명 있을 것입니다. 하지만 시간이 지나면 그것도 언젠가는 사라져 버립니다. 힘들게 싸워 얻었지만, 영원할 수가 없습니다. 그렇게 싸우다 잃어버린 그 사람은 아무리 시간이 지나도 돌아오지 않을 것입니다.

싸우는 것은 목적이 있기 때문인데 그 목적이 나에게 중요한 것일까요? 그 사람과 완전히 인연을 끊어도 좋을 만한 그러한 가치가 있는 것일까요? 싸움이 시작된 원인이 한 사람의 존재보다 더 중요한 것이었던가요?

싸움을 하는 이유는 내가 정당하다고 생각하기 때문인데, 이 세상에 100% 정당한 것은 존재하지 않습니다. 본인이 그렇게 생각할 뿐입니다. 양쪽 모두에게 어느 정도의 책임은 분명히 있습니다. 물론 한 쪽이 조금 더 잘못이 있을 수는 있지만, 그 어떤 경우에도 내가 전적으로 옳고 상대가 완전히 옳지 않은 경우는 없습니다.

만약 내 잘못은 하나도 없고, 상대에게 모두 잘못이 있다고 생각하고 있다면 자신이 옳다고 생각하는 그 확신이 가장 큰 싸움의 이유였을 가능성이 클 것입니다. 자신이 옳다고 생각할수록, 자신에게 잘못이 없다고 말할수록 그 사람의 책임이 더 클 수 있습니다. 왜냐하면 그 모든 것을 제삼자의 입장에서 볼 수 없기에 그런 생각을 하는 것일 수 있기 때문입니다.

가까운 사람일수록 거리를 두어야 하지 않을까 싶습니다. 오래도록 친했기 때문에 아무리 싸워도 더 멀어지지 않을 것이란 생각은 착각일 뿐입니다. 싸움은 어쨌든 양쪽 모두에게 상처로 남아 치유되기 힘들 수밖에 없을 것입니다. 만약 누군가와 싸우겠다고 생각하면 그 사람과 아예 인연을 끊을 생각을 하고 싸우는 것이 현명할지도 모릅니다. 아니면 아예 싸우지 말고 먼저 인연을 끊어 버리는 것이 나을지 모릅니다. 그렇게 하면 차라리 마음고생이라도 하지 않으니까요.

싸우고 나서 오랜 시간이 지나면 자기 잘못을 그때 가서야 깨달을 수 있을지도 모릅니다. 그때 가면 후회를 하게 될지도 모릅니다. 후회 안 할 자신이 있다면 말리지 않겠습니다. 하고 싶은 대로 하고, 싸우고 싶은 대로 싸우는 것밖에는 다른 방법이 없으니까요.

그렇게 해서 마음이라도 편해진다면 그런 선택을 해야겠지요. 자신이 지금 생각하는 것이 아무리 옳다고 할지라도 시간이 지나면 자신의 생각에 잘못이 있었다는 것을 알게 될 것입니다.

만약 싸울 것 같다면 아무런 생각도 하지 않거나, 아니면 생각을 아예 멈추어 버리는 것이 현명할지도 모릅니다. 시간이 어느 정도 지나면 차라리 생각을 멈추어 버린 것이 정말 현명했다는 것을 느낄 수 있지 않을까 싶습니다. 생각의 멈춤은 싸움의 원인과 목적을 모두 흡수해 버리는 커다란 힘이 있는 것 같습니다.

4. 취하지도 버리지도

모든 존재는 실체가 없는 것 같습니다. 어떤 것이든 변하기 나름이며 고정되어 있지 않기 때문입니다. 내가 누군가를 좋아하는 마음도 변하는 것 같습니다. 그렇게 좋았었는데, 어느 정도 시간이 지나면 싫어지기도 하고 심지어 미워하고 증오하기도 합니다. 정말 내가 예전에 그렇게 좋아했었던 사실조차 믿어지지 않을 정도로 말입니다. 상대도 마찬가지일 것입니다. 내가 좋아했던 그 사람도 예전에 나를 좋아했고, 지금 내가 그 사람이 싫어졌다면 그 사람 또한 나를 싫어하고 있을 수 있습니다. 이 모든 것은 누구 탓이라고 하기보다는 존재의 본질적 속성이 아닐까 싶습니다. 이 세상에 변하지 않는 것은 없으니까요.

좋고 싫음은 나의 괴로움의 원인이 될 수 있습니다. 좋은 것이야 문제가 없다고 생각하면 안 됩니다. 그 좋은 것이 나중에 싫은 것으로 변한다면 그것이 훨씬 더 커다란 아픔을 줄 수 있기 때문입니다. 나와 별로 상관없는 사람으로부터 받는 상처는 며칠 지나면 잊어버릴 수 있지만, 내가 진심으로 좋아했던 사람에게 받는 상처는 평생을 갈 수도 있기 때문입니다.

좋고 싫음에 너무 집착하니 이러한 현상이 생기는 것이라 생각됩니다. 존재 그 자체로 만족해야 하는데 우리는 그렇게 하지 못하고 있는 것이 현실입니다. 내가 좋아하는 사람에게 더 많은 애착을 가지고 있으니 피할 수 없는 것일지도 모릅니다.

내가 상대를 좋아하는 마음이 언젠가는 변할 수 있다는 것, 상대가 나를 좋아하는 마음도 언젠가는 변할 수 있다는 것을 인식해야 하지 않을까 싶습니다.

마음뿐만 아니라 존재 그 자체도 변할 수 있습니다. 예전에 내가 오늘의 내가 아니고, 오늘의 내가 내일의 내가 아닐 수 있기 때문입니다. 그렇게 변하는 존재를 거부한다면 이는 나에게 아픔과 괴로움만 주게 될 수 있습니다.

좋아한다고 해서 취하려 하지 말고, 싫어한다고 해서 버리려 하지 말아야 할 것입니다. 좋고 싫음은 언제든지 변하며 그것이 존재 그 자체의 본성이기에 취하고 버리는 것은 나의 온전한 주관에 따른 존재로부터의 자유를 스스로 잃게 만드는 길이 될지도 모릅니다.

존재로부터의 자유는 그 존재로 인해 나의 마음의 좋고 나쁨을 벗어나는 것이라 생각됩니다. 좋고 나쁨의 경계를 스스로 구별 짓지 말고, 나 스스로 만든 경계에 구속되지 말아야 어떤 존재로부터 속박되지 않는 진정한 내적인 자유를 누릴 수 있지 않을까 싶습니다.

어떤 것을 취하지도 버리지도 않는 것이 진정한 존재로부터의 자유를 얻는 길이기에, 만약 그것이 가능해진다면 나는 내 주위

의 어떤 존재로부터도 마음의 아픔과 상처를 입지 않게 될 것이
라는 생각이 듭니다.

5. 모두 내 책임이다

집채만큼 커다란 파도가 연이어 밀려오면 모든 것을 다 쓸어가는 것 같습니다. 살아가다 보면 우리에게도 그러한 일들이 일어나곤 합니다. 전립선암 말기에도 불구하고 아버지 연세가 많아 수술이 힘들 것 같다는 의사를 말을 듣는 순간 눈앞이 깜깜했습니다. 어떻게 해야 할지 앞이 보이지도 않았습니다. 간신히 그 파도가 지나고 나니 다시 커다란 파도가 밀려왔습니다. 뇌경색으로 아버지의 몸에 마비가 왔습니다. 반신불수가 될 수도 있다는 의사의 말에 사방팔방으로 헤매고 다녔습니다. 하늘이 도왔는지 몇 개월 후 아버지의 몸이 정상으로 돌아왔습니다. 기적이라는 것이 있다는 것을 직접 경험할 수 있었습니다.

그리고 얼마 지나지 않아 또 다른 파도가 몰아쳤습니다. 어머니의 대장암 말기 진단에 내 무릎이 꺾이는 것을 느꼈습니다. 아무 생각도 하지 못한 채 하루하루 버티어 낼 수밖에 없었습니다. 그 집채만한 파도는 내 인생에서 느껴본 가장 커다란 것이었습니다. 그 파도가 지나자 다시 아버지의 치매 진단이 나왔습니다. 나는 어디까지 버틸 수 있을까 하는 두려움마저 들었습니다. 그 외에도 또 다른 파도들이 연이어 밀려왔습니다. 불행은 한꺼번에 온다는 말이 무엇인지 절실히 알 수가 있었습니다.

지금 돌이켜보면 모든 것을 내가 책임질 마음으로 임했기에 가능했다는 생각이 듭니다. 내 인생에서 일어나는 그 모든 일은 내가 아니면 해결할 사람이 없기에 잘하지는 못하더라도 내가 할 수 있는 것은 다해야 한다는 마음으로 버틴 것 같습니다.

태풍이 지나고 나면 물결이 잔잔하듯, 이제 멀리서 바다를 바라봅니다. 아침에 수평선 너머로 해가 뜨고, 저녁이면 빨갛게 물든 노을을 볼 수가 있습니다. 태풍이 다 지나갔기에 가능한 것이라 생각됩니다.

이제 제 인생에서 일어나는 모든 것들을 다 책임지려고 합니다. 아무리 힘든 일들이 생겨도 그리 겁나지 않습니다. 주위에 나를 힘들게 하는 사람이 있더라도, 내가 하는 일들에 어려움이 닥치더라도, 아무리 절망스러운 순간이 오더라도, 속상하고 가슴 아픈 일이 다가오더라도, 내 인생에 일어나는 모든 일은 내가 책임지겠다는 생각으로 나아가려고 합니다. 내가 원하든, 원하지 않든, 나에게 일어나는 모든 것은 내가 해결해야 할 책임이라는 마음으로 그렇게 걸어가려고 합니다. 모든 것이 내 책임이라는 말, 내가 다 책임지겠다는 마음이 얼마나 큰 힘을 발휘하는지 이제는 너무나 잘 알 것 같습니다.

6. 생각지 않은 일이 일어나도

어릴 적 태어나 자란 도시의 한복판에는 조그마한 냇물이 흐르고 있었습니다. 그 당시에는 인구 10만이 조금 넘을 정도의 그리 크지 않은 도시였기에 집에서 냇가까지 5분이면 가는 거리였습니다. 흘러가는 물의 양도 그리 많지 않아 냇물에 들어가면 무릎도 채이지 않을 정도였습니다. 냇물이 흐르는 양쪽으로는 넓고 커다란 둑이 있어 아무리 비가 와도 그 둑을 넘어 물이 넘칠 것이라고는 상상할 수 없었습니다. 하지만 중학교 다니던 여름 장마철, 엄청난 비가 쏟아져 내리더니 그 조그마한 냇물이 불어나 커다란 둑을 넘어 시내로 흘러들었습니다. 돼지도 떠내려가고, 커다란 가구도 떠내려가고, 온갖 잡동사니들이 모두 다 떠내려갔습니다.

나이아가라 폭포 근처에서 살았던 적이 있었습니다. 결혼하기 전이라 미국인 할아버지, 할머니 두 분이 사는 집에서 같이 1년을 살았습니다. 12월 중순 두 분이 함께 마트에 가자고 해서 따라갔습니다. 그런데 그날 식료품을 사는 데 산더미같이 엄청난 양의 음식을 사는 것이었습니다. 자동차 뒷트렁크에 다 들어가지 않아 뒷좌석에까지 물건을 실었습니다.

25

집으로 돌아오는 길에 너무 궁금해서 음식을 왜 이리 많이 사는지 여쭤어보았습니다. 할머니 하시는 말이 당분간 마트에 오지 못할 수도 있어서 미리 사놓는 것이라고 하였습니다. 그러고 나서 일주일 지나 눈이 내리기 시작하는 것이었습니다. 제가 태어나 그렇게 눈이 많이 오는 것은 처음 보았습니다. 끊임없이 내리는 눈은 2주가 넘게 계속되었고, 그렇게 내린 적설량은 무려 2미터를 훌쩍 넘었습니다. 사람은 물론 자동차가 다닐 수도 없었고 도시 전체가 마비되었습니다.

시에서는 비상령이 발령되었고, 주 방위군까지 동원하여 포크레인으로 눈을 퍼서 10톤이 넘는 덤프트럭에 눈을 치우는 것을 본 저는 아연실색할 수밖에 없었습니다. 하지만 아무리 치우고 또 치워도 눈은 하염없이 계속 내렸고 할머니 말씀대로 약 3주 이상을 집에 갇혀 지내야 했고, 그렇게 산더미처럼 샀던 식료품도 얼마 남지 않게 되었습니다.

살아가다 보면 생각지도 않은 일들, 상상하지도 않았던 일들이 일어나곤 합니다. 전혀 예상하지 못한 일들이 나도 모르는 사이 다가오기도 합니다. 나에게는 절대 일어나서는 안 되는 일들이 실제로 일어나게 되기도 합니다. 하늘이 원망스럽기도 하고, 모든 것이 한스럽기도 하고, 살아간다는 것이 허탈하고 허무하게 만드는 일이 일어나기도 합니다.

일어나서는 안 되는 것이었는데, 왜 나에게 이러한 일들이 일어나는지 이해조차 하기가 힘들고, 아무리 받아들이려 해도 받아들일 수 없는 일들도 나에게 불쑥 다가옵니다.

그렇게 생각하지도 않은 일이 나에게 일어나더라도 살아내야 하지 않을까 싶습니다. 삶은 원래 그런 것이니까요. 내가 생각했던 것만 일어나는 것이 아닌, 전혀 예상하지 못했던, 받아들이기 힘든 그러한 일들이 일어나는 것이 삶이니까요.

왜 나에게 이러한 일들이 일어나는지 생각하는 것보다는 삶이 원래 그런 것이기에 어떠한 일이 일어나더라도 받아들이는 것이 우리가 할 수 있는 최선이 아닐까 싶습니다. 나보다 더 힘들고 어려운 일을 겪는 사람은 지구상에 생각보다 많을 수밖에 없을 것입니다. 나에게 일어나는 일들이 지구상의 최악의 경우는 아닐 것입니다. 내가 생각하지 않았던, 상상할 수도 없는 일들을 지금 겪고 있는 사람이 이 커다란 지구의 어딘가에 존재하고 있는 것은 확실하기 때문입니다.

나에게 닥친 불행이나 아픔은 그나마 나은 것인지도 모릅니다. 아무리 발버둥쳐도 벗어날 수 없는 엄청난 삶의 무게를 버티고 있는 사람도 어딘가에서 그 삶을 살아내고 있을 것입니다. 내가 받는 아픔과 고통이 어느 정도 되는지 나 스스로 가늠해 본다면 그래도 견딜 수 있지 않을까 싶습니다. 나에게 일어난 생각지도 않은 일도 지구상의 최악에 해당하지는 않는다는 것은 분명한 사실이기 때문입니다.

7. 그만 기다리기로 합니다

우리는 많은 것들을 기다리며 살아가고 있습니다. 누군가 오기를 기다리고, 좋은 소식이 들리기를 기다리며, 내가 바라던 일이 이루어지길 기다립니다. 하지만 그렇게 기다리는 것들이 우리에게 전부 오는 것은 아닙니다. 아무리 기다려도 오지 않는 것은 오지 않습니다. 평생을 기다리며 사는 것은 어쩌면 불행한 인생이 될 수도 있습니다.

그 소식이 언젠가는 오리라 믿었습니다. 오래도록 그 소식만 기다리며 살았습니다. 다른 그 어떤 것도 바라지 않고 정말 마음 졸이며 기다렸던 것 같습니다.

하지만 아무리 기다려도 그 소식은 오지 않았습니다. 이제 남아 있는 시간이 얼마 남지 않았는데 오지 않을 소식에 두려움까지 느껴졌습니다. 그토록 기다리기만 했는데 그것이 나에게 오지 않는다면 나의 삶은 어떻게 되는 것일까요?

아무리 기다려도 오지 않을 것이란 사실을 알게 되었습니다. 그 오랜 시간 기다리기만 했는데, 오지 않을 것을 기다린 것에 불과했던 것입니다. 기다렸던 그 시간은 나에게 어떤 의미였던 것일까요? 나는 왜 그것만을 바라고 기다리며 나의 그 소중한 시간을 허비했던 걸까요? 오지 않을 것이란 사실을 알았더라면 기다리지나 않았을 것을. 그 기다림으로 가득 찬 그동안의 삶은 누가 보상해주는 것일까요?

오지 않을 것은 기다리지 말아야 합니다. 올 것인지 오지 않을 것인지 생각지도 말아야 합니다. 올 것이라면 언젠가는 올 것이고, 오지 않을 것이면 아무리 기다려도 오지 않습니다. 나의 삶을 살아가다 그것이 오면 만족하고 오지 않아도 실망할 필요가 없습니다. 우리의 삶은 무언가를 오래도록 기다리기에는 너무나 짧을 수밖에 없습니다.

그것이 오지 않는다고 하여 나의 인생이 크게 달라지는 것은 아니라는 사실을 깨달았습니다. 모든 것은 마음먹기에 달렸다는 것을 이제야 알게 되었습니다. 물론 그토록 기다리는 것이 오면 너무 기쁠 것은 당연합니다. 하지만 그것을 기다리다가 다른 것을 잃어버릴 수도 있습니다. 오지 않을 수도 있다는 생각으로 마음을 내려놓는 것이 어쩌면 오늘을 살아가는 지혜가 아닐까 하는 생각이 듭니다.

이제는 기다리지 않기로 하였습니다. 그동안 기다린 것으로 충분하다는 내면의 목소리를 듣기로 하였습니다. 아무리 기다려도 오지 않을 것은 오지 않는다는 엄연한 현실을 이제 받아들이기로 합니다. 기다리던 것이 나에게 오지 않는다고 해서 나의 삶이 어떻게 되지 않을 것입니다. 지금 있는 것으로 충분하다는 마음을 먹는다면 기다림의 아픔과도 작별할 수 있을 듯합니다.

8. 상처

상처는 누구나 있기 마련입니다. 이 세상에 상처 없는 사람은 없습니다. 가벼운 상처도 있지만 깊은 상처도 있으며, 그리 친하지 않은 사람에게 받은 상처도 있지만 아주 가까운 사람한테 받은 상처도 있습니다. 커다란 파도가 덮친 듯한, 내가 어쩌지 못하는 운명에 의한 상처도 존재합니다. 금방 아무는 상처가 있는 반면, 아주 오래도록, 어쩌면 평생동안 계속될 그러한 상처도 있습니다. 나에게 소중한 사랑하는 사람에게 받은 상처도 있고, 내가 미워하는 사람에 의한 상처도 있습니다. 상처 없는 인생을 살아간다는 것은 아마 불가능할 것입니다.

누가 와서 나의 그러한 상처를 치유해주면 좋으련만 우리에게 그런 것은 존재하지 않습니다. 물론 위로를 해주고 격려를 해주는 사람이 있어 어느 정도 아픔을 잊을 수는 있지만, 정작 나의 상처를 치료하는 사람은 오직 나밖에 없는 것 같습니다. 아무리 가까운 사람도 나의 아픔을 대신해 주지 않으며, 어느 정도 동정과 이해를 해주기는 하지만 완전히 나의 상처를 치유해주지는 않습니다.

누가 나에게 상처를 주는 것은 나의 잘못일 수도 있습니다. 돌이켜 생각해보면 나도 그에게 상처를 주었는지도 모릅니다. 가만히 회상해보면 내가 받은 상처보다 다른 이에게 준 상처가 더 많을 수도 있을 것입니다. 내가 그에게 준 상처를 알고 있는 것도 있지만, 내가 모르는 것도 아마 있을 것입니다. 평생 살아가면서 상처를 받지 사람도 없지만, 상처를 주지 않는 사람도 없을 것입니다. 나는 누구에게 얼마나 많은 상처를 주었던 것일까요? 나는 다른 이에게 준 상처를 얼마나 알고 있는 걸까요?

예전에 목욕탕에서 넘어져 갈비뼈 두 개가 부러진 적이 있었습니다. 보통 뼈가 부러지면 정형외과에 가서 엑스레이를 찍어 본 후 깁스를 하는 것이 보통입니다. 그날도 병원에 가서 엑스레이를 찍어보니 왼쪽 갈비뼈가 부러진 것을 알 수 있었지만, 깁스를 하지는 못했습니다. 갈비뼈는 부러져도 깁스를 하지 못한다는 것을 그때 알았습니다. 생각해보면 옆구리 전체에 깁스를 할 수 없는 것은 아마 당연할 것입니다. 깁스를 하지 않았으니 숨을 쉴 때마다 갈비뼈가 움직일 수밖에 없었고 통증은 쉽게 가라앉지 않았습니다. 진통제를 먹고 출근을 할 수밖에 없었습니다. 숨 쉴 때마다 느껴지는 통증이 2주 이상 계속되었던 것 같습니다. 그 경험이 있었기에 갈비뼈 부러진 이들의 고통을 어느 정도는 잘 압니다.

내가 아픈 만큼 다른 사람이 아프다는 사실은 어쩌면 당연할 것입니다. 나에게 상처가 있는 만큼 다른 이도 상처가 있는 것 또한 당연한 일입니다. 내가 상처를 받은 만큼, 나 또한 다른 이에게 상처를 주었다는 것도 어김없는 사실입니다. 내가 받은 상처는 알고 내가 다른 이에게 상처를 준 것을 모른다는 사실은 자기 자신을 잘 모르는 것일 수밖에 없습니다.

내가 그 누구에게 상처를 주었다는 사실을 인식하는 것이 어쩌면 나의 상처를 치유받을 수 있는 길이 될지도 모르겠습니다. 나의 상처는 아파하면서도 내가 다른 사람에게 준 상처는 얼마나 미안해하고 있는지도 물어보아야 할 것입니다.

그러한 과정이 끝나고 나서 나 자신의 상처를 스스로 치유할 수 있도록 노력해야 할 것 같습니다. 남의 상처를 모른척 한 채 나의 상처만 들여다본다고 해서 그것이 나아질 것 같지도 않습니다. 내가 아픈 만큼 그 사람도 많이 아팠을 것이기 때문입니다.

이 세상에서 손에 때묻지 않은 사람은 없습니다. 누구나 다른 이에게 상처를 주고 상처를 받아가며 살아가는 것이 아마 인생이 아닐까 싶습니다. 내가 받은 상처의 크기보다 다른 이에게 준 상처의 크기가 클 수도 있고, 그 반대일 수도 있겠지만, 이제 더 이상 다른 이에게 상처를 주지 않으려 노력하는 것이 나 자신이 받은 상처를 조금씩 치유할 수 있는 길로 가는 것이 아닐까 싶습니다.

따라서 나 자신의 상처를 치유하기 위한 제일 좋은 방법은 나 자신에 대해 잘 아는 것이 아닐까 합니다. 이제 더 이상 다른 이에게 상처를 주지 않으려 노력하는 것이 내가 그동안 받았던 상처를 치유할 수 있는 하나의 방편이 될 수도 있을 것입니다. 다른 사람의 아픔을 나의 아픔이라 생각하고 더 이상 다른 이에게 아픔을 주지 않으려 노력하는 것이 앞으로 나에게 지나간 것과 같은 상처를 받지 않는 방법이 될 수도 있을 것입니다.

언젠간 나의 상처로부터 자유로운 시간이 올 것입니다. 또한 다른 이에게 더 이상 상처를 주지 않는 그러한 시기도 올 것입니다. 원하던, 원하지 않던, 내가 받은 상처는 내가 치료해야 한다는 마음으로 나의 상처를 돌아보고 스스로 치료하겠다는 의지가 그 시기를 앞당길 것은 확실합니다. 모든 상처로부터 자유로울 수 있는 그러한 때가 오는 것도, 내가 더 이상 다른 이에게 상처를 주지 않는 것도, 오직 나에게 달려있는 것이 아닐까 싶습니다.

9. 아직 나에게 남아있는 것

　많은 것을 잃어버렸을지라도 나에겐 아직 남아있는 것이 있습니다. 소중한 사람이 떠나갈지라도 나에겐 아직 남아있는 것이 있습니다. 믿었던 사람에게 배신을 당할지라도 나에겐 아직 남아있는 것이 있습니다. 어떠한 일이 생기더라도 나에게 영원히 남아있는 것이 있습니다. 그것은 바로 나 자신이라는 것입니다. 내가 이 땅에 두 발로 서 있는 이상, 그 모든 것이 다 사라지더라도 실망할 필요가 없습니다. 나 자신만 있으면 내가 할 수 있는 것, 또한 있기 마련입니다. 나의 살아있음을 느낄 수 있는 것이 다시 생길 것입니다.

　다른 존재를 의지하는 것이 힘이 될지는 모르지만, 어느 순간에는 괴로움이 되기도 합니다. 다른 존재를 바라고 기대하는 것이 즐거울 수 있지만, 어느 순간 아픔이 되기도 합니다. 그저 다른 존재는 있는 그 자체로 충분합니다. 그 이상을 원하는 것은 나의 욕심일 뿐입니다. 나에게 소중한 존재라 할지라도 영원히 나와 함께 하는 것은 아무것도 없습니다. 오직 나의 시작과 끝은 나일 뿐입니다.

　나에게 어떠한 존재가 왔을지라도 어느 정도 함께 하다가 때가 되면 떠나기 마련입니다. 그 존재가 떠나고 나면 또 다른 존재가 오고, 그러한 일들의 연속이 삶일 수밖에 없습니다. 내가 아무리 원한다고 하더라도 떠나갈 것은 떠나가고, 잃어버리는 것은 잃어버리고, 사라지는 것은 사라집니다.

물론 오래도록 함께하는 것도 있는 것이 사실이나, 어느 순간 갑자기 그 존재가 떠날지는 알 수가 없습니다. 나에게 모든 것이 떠났다고 해도 나에게 남아있는 것이 있기에 다시 힘을 내야만 합니다. 나 자신을 위해서, 그리고 떠나간 모든 것들을 위해서도 아무런 의미 없이 보내는 시간은 부끄러운 일이 될 수밖에 없을 것입니다.

조금만 아파하는 것으로 충분합니다. 그래도 남아있는 것이 있기에, 그 남아있는 것을 위해 살아가야 할 이유는 충분합니다.

나의 모든 것을 휩쓸어 버리는 커다란 그 무엇은 존재하기 마련입니다. 하지만 남아있는 것을 위해, 아직 나 자신은 여기 있기에, 떠나가 버린 것은 마음에서 내려놓고 다시 출발선에 서야 합니다. 그것이 진정 영원히 나의 곁에 남아있는 나 자신을 사랑하는 것이라 생각됩니다.

10. 어린 왕자와 노을

"나는 해 지는 걸 보는 게 좋아. 함께 보러 가자."
그런데 네 조그마한 별에서는 의자를 조금 옆으로 옮기기만 해도 가능하다. 어스름한 석양빛이 보고 싶어질 때마다 너는 그렇게 했겠지.
"어느 날은 태양이 지는 걸 마흔네 번이나 본 적이 있어!"
조금만 있다가 너는 이렇게 덧붙였다.
"있잖아. 사람은 너무 슬플 때 해지는 걸 보고 싶거든..."
"태양이 지는 걸 마흔네 번이나 본 날 그렇게 슬펐던 거야?"
어린 왕자는 내 질문에 대답하지 않았다.
(어린 왕자, 생텍쥐베리)

어린 왕자는 자신이 사는 별 B612호에서 마음이 적적할 때 의자를 조금씩 뒤로 옮겨가며 하루에도 마흔네 번 노을을 보았습니다. 어린 왕자는 왜 그리 오래도록 노을을 보았던 것일까요?
제주 애월에서 노을을 본 적이 있습니다. 이른 저녁을 먹고 해변을 거닐던 중 태양이 수평선 너머로 사라지기 시작했습니다. 바닷가에 앉아 한참이나 그 장면을 바라보았습니다. 인간의 언어로는 표현할 수 없는 아름다움이었습니다. 카메라에 담을 수도 없는 대자연의 모습이었습니다. 수평선 너머 태양이 완전히 사라지고 나서도 아쉬움에 자리를 뜰 수 없었습니다.

완전하고 영원할 것 같은 태양도 끝없이 펼쳐진 수평선 너머로 사라지는 것을 보고 나에게 일어나는 일들은 정말 보잘 것도 없고 별것도 아니라는 생각이 들었습니다. 아무리 큰일이라고 해도 대자연에 비하면 엄청난 것이 없다는 것을 느꼈습니다.

인생이라는 것은 덧없을지 모르나 아름다울 수도 있다는 마음에 자리를 털고 일어났습니다. 태양이 사라진 애월 바닷가는 이미 어두웠습니다. 어두운 밤이 지나고 나면 내일 아침 태양은 다시 떠오를 것이라는 생각에 발걸음을 옮길 수 있었습니다.

어린 왕자는 아마 노을을 바라보며 자신의 외로움과 그대로 마주한 것이 아닐까 싶습니다. 완전하고 영원할 것 같은 붉은 태양도 서서히 사라져가는데, B612호라는 별에서 혼자 살아가는 자신의 삶에 일어나는 일들은 그러한 거대한 자연에 비하면 아무것도 아니라는 것을 알았던 것 같습니다.

어린 왕자는 행복하게 살았습니다. 어떠한 일이 일어나도 자신이 발을 디디고 있는 그 별에서 자신을 사랑하며 살았던 것 같습니다. 무슨 일이 일어나도 그냥 그러려니 하며, 힘들면 노을을 바라보고, 주어진 오늘에 감사하며 아름다운 삶이 될 수 있도록 스스로 노력한 것이 아닐까 합니다.

모든 것은 끝이 있기 마련입니다. 오늘 하루가 어쩌면 힘들지 모르나 시간이 지나면 돌아오지 않는 소중한 하루라는 것은 엄연한 사실입니다. 중요한 것은 나를 힘들게 하는 그 어떤 것을 피하지 말고 마주하는 용기가 필요하지 않을까 싶습니다. 어린 왕자가 홀로 사는 그 별에서 외로움을 마주한 것 같이 우리에게 다가온 것들과 부딪히다 보면 오늘 하루는 끝이 나고 저녁 무렵 다시 서쪽 하늘에 펼쳐진 아름다운 노을을 볼 수 있을 테니까요. 그 노을을 바라보며 나의 외로움을 달래고 나면 내일 아침 또 다른 찬란한 태양이 떠오른다는 것을 알기에 어린 왕자의 노을이 나의 노을도 되는 것이 아닐까 싶습니다.

내가 보는 것이 전부가 아닐 것입니다. 수평선 너머로 태양은 사라졌지만, 내가 보이지 않는 그 너머에 태양은 아직 존재하고 있습니다. 시간이 지나 때가 되면 다시 태양은 나에게 밝은 빛을 비추어주니까요. 어린 왕자는 노을은 끝이 아니라 또 다른 시작이라는 사실에 그의 외로움을 달랠 수 있었던 것이 아닐까 합니다. 영원한 것은 존재하지 않지만, 소중한 오늘은 존재하고 있으니 어린 왕자는 B612호 별에서 아름답게 살아갈 수 있었던 것이 아닐까 싶습니다.

11. 주인이 아닙니다

영화 "아웃 오브 아프리카"에서 카렌(메릴 스트립)은 데니스(로버트 레드포드)에게 청혼을 하지만 거절당합니다. 프로포즈는 주로 남자가 여자에게 합니다. 여자가 남자에게 프로포즈 하는 경우는 드물기도 하고, 그런 경우 대부분 남자는 승낙을 하지 않을까 싶습니다. 그럼에도 불구하고 데니스는 카렌의 프로포즈를 거절하고 맙니다. 카렌은 분명히 속이 상했을 것입니다. 그래서 아프리카를 떠나기로 마음먹었는지도 모릅니다. 사랑하는 사람과 함께 하려는 카렌의 욕심은 당연한 것이라 생각됩니다.

데니스는 다음과 같이 말합니다.

"우린 여기서 아무것도 소유하지 못해. 그저 스쳐 지나갈 뿐이야 (We are not owners here, We are just passing through.)"

데니스는 사랑하는 사람도, 어떠한 물건이나 존재도 영원하지 않으며 언젠가 다 사라지니 그저 자유롭게 살아가기를 희망했던 것이 아닐까 싶습니다.

궁금한 것은 데니스가 젊었을 때도 이런 생각을 했을까 하는 것입니다. 아마 그렇지 않았을 것입니다. 그 또한 젊었을 때는 자신이 사랑하는 것을 소유하고 싶었고, 그가 바라는 것을 얻고자 하는 욕심이 있었을 것입니다. 데니스 또한 다른 사람들처럼 무언가를 소유했을 것이고, 자신이 원하는 것을 가져도 보았을 것입니다. 그가 목표로 하는 것을 성취하기도 했을 것입니다. 영화에서 그의 모습이 이를 증명합니다. 하지만 그러한 욕망이 허무하다는 것을 경험했고, 자신이 소중하게 생각했던 모든 것을 잃어 보았기에 그런 말을 할 수 있는 것이 아닐까 하는 생각이 듭니다.

그런 데니스를 카렌은 막상 떠나지 못하고, 점점 그를 닮아가게 됩니다. 그녀 소유의 커피 농장이 불에 타 그녀의 전 재산이 날아간 후, 그 땅의 원래 주인이었던 원주민들이 살아갈 터전을 만들어 주기 위해 애쓰는 그녀의 모습이 이를 보여줍니다. 그녀 또한 많은 것을 소유했었지만, 이제는 그것들을 포기하고 다른 사람에게 자신의 마음을 나누어주는 사람으로 되어 갑니다. 그런 과정에서 카렌은 데니스를 진정으로 이해하게 되는 것 같습니다. 자신의 욕심과 소유를 버리고 떠나갈 준비를 하는 것이 진정한 자유로운 삶을 살아가는 것이라는 사실을 아마 알게 된 듯합니다.

그리고서 카렌은 마음을 비운 채 아프리카를 떠나려 합니다. 카렌의 떠나는 모습을 마지막으로 보려고 오는 데니스, 데니스에게 작별 인사라도 하고 떠나려는 카렌, 하지만 운명은 그들의 마지막 해후를 방해하고 맙니다. 카렌에게 오는 데니스가 비행기 사고로 사망하고 맙니다. 사랑하는 사람을 그렇게 가슴에 묻고 카렌은 자신의 소중했던 순간들이 있었던 아프리카를 떠나게 됩니다.

우리는 그 누구의 주인도 아니고, 어떠한 존재의 소유자도 아닙니다. 어느 순간 무언가를 가지고 있을 수는 있지만, 어차피 그것들은 언젠가 나의 손에서 사라져 버리고 말 것입니다. 가지려 애쓰는 것이 오히려 진정한 자유를 잃게 할 수도 있습니다. 데니스의 말처럼 우리는 지금 이 순간을 그저 스쳐 지나가고 있는지도 모릅니다.

12. 사랑하는 까닭

〈사랑하는 까닭〉

한용운

내가 당신을 사랑하는 것은
까닭이 없는 것이 아닙니다.
다른 사람들은 나의 홍안만을 사랑하지마는,
당신은 나의 백발도 사랑하는 까닭입니다.

내가 당신을 사랑하는 것은
까닭이 없는 것이 아닙니다.
다른 사람들은 나의 미소만을 사랑하지마는,
당신은 나의 눈물도 사랑하는 까닭입니다.

내가 당신을 사랑하는 것은
까닭이 없는 것이 아닙니다.

다른 사람들은 나의 건강만을 사랑하지마는,
당신은 나의 죽음도 사랑하는 까닭입니다.

  경허 스님이 어느 날 산속을 걸어가고 있었습니다. 추운 겨울이
었고 전날 내린 눈이 무릎까지 쌓여 있었습니다. 눈을 헤치며 길
을 가는데 발에 무언가가 걸리는 느낌을 받았습니다. 깜짝 놀라
눈을 파헤쳐 보니 한 여인이 얼어붙은 채 죽은 것처럼 아무 움직
임도 없었습니다. 가슴에 귀를 대보니 아직 숨은 붙어 있었습니
다. 급하게 그 여인을 업고 자신이 거주하고 있던 사찰로 뛰어갔
습니다. 방에 눕히고 문을 닫았습니다. 조선 후기 무렵이라 사찰
에 여인을 업고 들어오는 것을 누가 봐서는 안 되기 때문이었습니
다. 당시 경허 스님은 그 사찰의 주지였고 조선에 너무나 잘 알
려진 고승이었습니다. 방에 불을 지피고 자신의 체온으로 여인의
몸을 녹였습니다. 그렇게 일주일 동안 자신의 방에서 나가지 않
고 여인을 돌보아 주었습니다.
  경허 스님이 일주일이 넘도록 방에서 나오지 않자 사찰에서는
난리가 났습니다. 제자였던 만공 스님이 주위 사람들의 성화에
경허 스님의 방문을 열고 들어갈 수밖에 없었습니다. 방에 들어
가 보니 경허 스님은 그 여인에게 팔베개를 해준 채 자고 있었습
니다. 그 여인도 깊이 잠들어 있었습니다. 평소 스승의 고결한 모
습만 보던 제자 만공 스님은 너무나 놀랐습니다. 그런데 더욱 놀
라운 것은 방안에서 나는 엄청난 악취였습니다. 만공 스님은 두

남녀가 일주일 동안 나눈 정사로 인한 것인가 싶었는데 그런 냄새가 아니었습니다. 그 냄새의 정체는 무엇이었을까요?

그 여인은 문둥병 환자였습니다. 방안에 나는 악취의 원인은 그 여인의 섞어가는 살과 고름으로 인한 것이었습니다. 게다가 그 여인은 미친 여자였습니다. 그 여인은 어떻게 해서 미치게 된 것일까요? 문둥병에 걸린 그 여인을 그 누구도 돌보아 주지 않았고, 무시하고, 배척했습니다. 그 오랜 세월 그 여인은 어떠한 사랑도 받지 못했습니다. 미치지 않고서는 살아갈 수가 없는 상황이었습니다. 경허 스님은 미친 문둥병 여인을 살리기 위해 스스로 옷을 벗고, 그 여인의 옷도 벗긴 후 자신의 체온으로 그 여인을 안아주었습니다. 악취가 코를 찌르는 문둥병에 걸린 그 여인의 맨살에 자신의 맨살을 맞대서 얼어붙어 생명의 끝자락에 서 있던 여인을 구해주었습니다. 갈 곳이 없는 그 여인을 위해 일주일 동안 자신의 방에서 먹이고 재우고 돌보아 주었습니다. 자신의 이러한 행동이 어떠한 후폭풍을 몰고 올지 경허 스님이 몰랐을 리는 없을 것입니다.

이 사건은 경허 스님의 명성에 엄청난 영향을 미쳤습니다. 게다가 경허 스님에게 고칠 수 없는 피부병마저 생기게 되었습니다. 주지 자리를 내놓고 오래도록 머물던 그 사찰을 떠날 수밖에 없었습니다. 여인의 목숨을 살렸으나, 그 여인을 다른 스님들이 내쫓는 바람에 그 여인은 어디로 갔는지 알 수도 없었습니다. 이 사건 이후 경허 스님은 스스로 파계하고 환속합니다. 경허 스님이 조선 후기의 원효라 불리는 이유입니다.

이 사건이 어디까지가 진실이고 어디까지가 소문인지는 저도 잘 알지 못합니다. 아마 정확하게 알려지지 않은 것들도 많이 포함되어 있을 것입니다. 하지만 분명한 것은 경허 스님이 눈 속에 묻혀 있던 다 죽어가는 미친 문둥병 여인을 업고 와서 일주일이 넘도록 자신의 방에서 거주하게 하며 돌보아 준 것은 사실일 것입니다.

안타까운 것은 이 사건 이후 경허 스님은 정해진 곳 없이 전국을 떠돌아 다니다가 1912년 4월 25일 북한의 갑산 근처 마을에서 열반에 들게 됩니다. 조선 후기 우리나라 선종을 중흥시킨 대선사로서의 임종을 지켜본 사람은 스님의 말년을 함께 한 일반인 몇 명이었습니다.

경허 스님은 열반에 들기 전 자신에게 다가온 죽음을 알고 다음과 같은 임종게를 남겼습니다.

"마음달이 외로워 둥그니
빛이 만상을 삼켰도다.
빛과 경계를 함께 잊으니
다시 이것이 무엇인고."

저의 사랑의 깊이와 폭은 얼마나 되는 것일까요? 저 자신이 너무 부끄러워 고개를 들지 못하는 것은 무슨 이유 때문일까요?

13. 옛날로 돌아갈 수는 없습니다

아름다운 시절이 있었습니다. 온 천지가 흰 눈으로 덮인 것과 같은 그런 순수한 시절이었습니다. 아마 세상을 몰랐기에 그럴 것입니다. 많은 것을 경험하지 않았고 밝은 미래와 꿈을 간직하고 있었기에 아름다웠을 것입니다.

누군가를 만나면 가슴이 뛰고 기대에 부풀었던 시절이었습니다. 가만히 방안에 누우면 구름 위를 떠다니는 듯한 착각도 들었습니다. 우리 모두에게는 그런 순간들이 있었습니다.

더 나은 미래를 위해 그렇게 살았습니다. 노력하면 푸른 꿈이 실현되리라 믿었습니다. 노력만큼 좋은 결과는 아니어도 어느 정도는 이룰 수 있을 거라 확신했습니다.

순간순간 최선의 선택이라 믿고 길을 걸어왔습니다. 그 길이 비록 험하고 어려워도 고비만 넘기면 된다고 생각했습니다. 땀이 비 오듯 흘러도, 다리에 경련이 일어나도 참고 또 참으며 그렇게 고개를 넘어왔습니다. 중간에 잠시 쉬면서 마시는 물은 가슴 한가운데를 터놓는 듯 너무나 시원했습니다. 푸른 산 위에 걸쳐진 하얀 구름은 보기만 해도 멋있었습니다.

그 시절이 너무나도 그립습니다. 지금 여기 이곳을 떠나 그때 그곳으로 가고만 싶습니다. 내일 당장이라도 갈 수만 있으면 얼마나 좋을까요?

가슴 뛰는 그 순간들이 얼마나 소중했던 것인지 말할 필요도 없을 것입니다. 꿈을 꾸며 하루를 보냈던 그 시간들이 얼마나 아름다운 것인지 다시 한번 느낍니다.

하지만 지금의 내 모습을 보며 불가능하다는 것을 가슴 깊이 느낍니다. 시간은 미래로만 흐를 뿐 되돌릴 수가 없습니다. 나의 잘못도 돌이킬 수가 없고, 내가 걸어온 길도 다시 걸을 수가 없습니다. 내가 한 선택도 이미 끝나 버렸습니다. 한없이 많이 남아있을 것 같은 시간도 어느새 이렇게나 많이 지나가 버렸습니다. 치열하게 살았건만 이루어 놓은 것도 별로 없는 것 같아 마음이 아플 뿐입니다.

그 시절로 돌아갈 수 없다는 것을 너무나도 잘 아는데, 왜 이리 그리운 것일까요? 다시 주어진다고 해서 더 나은 선택과 더 나은 모습이 될 것 같지도 않은 데 왜 이리 아쉬운 것일까요? 마음을 내려놓으려 해도 잘되지 않는 것은 무슨 이유일까요? 현재를 열심히 산다고 해도 그때가 더 아름답게 느껴지는 것은 어째서일까요?

생각은 마음을 따라가지 못하는 것 같습니다. 아무리 노력을 해도 마음이 앞서는 것은 어쩔 수가 없나 봅니다. 그래도 아름다운 순간이 있었다는 것, 가슴 뛰던 날들이 있었다는 것으로 만족해야 하는 것일까요?

무더운 여름이 이제는 가고 가을이 서서히 다가옵니다. 가을이 그리 기대되지 않는 이유는 지나간 시절의 그리움 때문인 것일까요?

나에게 마음이란 것이 없었으면 좋겠습니다. 옛날을 그리워하지 않고, 그 시절을 생각하지 않는 그런 마음이면 좋겠습니다.

14. 반복이 돼도 상관없습니다

'파사칼리아'는 느린 3박자로 변주곡 형식을 취합니다. 저음 선율의 반복을 중심으로 하는 것이 특징이라 할 것입니다. 같은 멜로디로 변주를 하든, 저음 선율을 반복하든 그것은 문제가 되지 않습니다. 아름다운 선율이 마음에 와닿기 때문입니다.

우리의 삶은 반복의 연속입니다. 아침에 일어나 씻고 식사를 한 다음 일하러 갑니다. 동료를 만나고 비슷한 일을 매일같이 하며, 점심을 먹고, 다시 일을 하다가 피곤에 지친 몸으로 집으로 옵니다. 집에 오면 어제와 비슷한 일들이 반복됩니다. 그러다 잠이 들고 다시 아침이 되어 다시 반복되는 일상을 살아갑니다.

때로는 일탈을 하고 싶기도 하지만 그런 용기를 가지는 것조차 사치일 수 있다는 것을 잘 압니다. 어제와 같은 오늘, 오늘과 같은 내일이 있을 뿐입니다. 매일이 즐겁고 행복하지 않습니다. 오히려 더 힘들고 지겹고 답답하기만 합니다.

파사칼리아가 변주곡이고 반복적 선율일지라도 마음에 와닿는 이유는 무엇 때문일까요? 그것은 아마도 그 곡에 작곡한 이의 인생이 오롯이 담겨 있기 때문이 아닐까 싶습니다. 헨델의 인생이, 할보르센의 삶이 이 곡에 내재하기 때문일 것이라는 생각이 듭니다. 음악이나 예술은 그것을 만든 사람의 마음이 온전히 들어 있을 수밖에 없습니다.

　매일 비슷한 일을 해야 하는 것은 바로 변주와 같을 것입니다. 일상이 반복되는 것 또한 마찬가지입니다. 반복되는 일상이 나의 삶을 만드는 것이라는 생각이 듭니다. 그러한 하루를 아름답게 만드는 것은 오직 나에게 달린 것이 아닐까 합니다. 비슷한 일을 반복해야 하지만, 그것에서도 아름다움과 즐거움 그리고 행복을 느낄 수도 있을 것입니다.

　오늘도 저는 어제와 비슷한 삶을 살았습니다. 별 특별한 일도 없었고, 가슴 뛰는 일도 없었습니다. 하지만 그런 가운데에서 마음만은 편안할 수 있기를 바랐습니다. 나 혼자만이라도 아름다운 순간이 있기를 기도했습니다.

　헨델의 파사칼리아를 할보르센이 편곡한 것은 원래 바이올린과 비올라의 듀엣으로 편곡한 것이었습니다. 하지만 피아노 솔로로 연주하는 것도 아름다운 것 같습니다.

15. 타인이 준 상처가 아무리 커도 상관없습니다

예전에 보육원에서 봉사활동을 한 적이 있었습니다. 그곳엔 10살 이하의 20~30명의 남녀 아이들이 생활하고 있었고, 첫날 아이들과 서너 시간 함께 지내다 돌아왔습니다. 집에 돌아온 후 다시 일정을 잡았습니다. 두 번째 갈 때는 비록 약소하지만, 아이들을 위해 과자도 사고 학용품도 준비해 갔었습니다. 가지고 간 것들을 하나씩 아이들 손에 쥐여줬을 때, 나를 바라보던 그 눈빛이 아직도 기억에 생생합니다. 정말 고마워하던 아이들의 진실된 마음을 읽을 수 있었습니다.

할리우드 영화 '굿 윌 헌팅(Good Will Hunting)'을 지금도 좋아합니다. 처음 보았을 때 마음 깊이 와닿는 것이 있었습니다. 웬만해서는 한 번 본 영화를 다시 보지는 않는데, 이 영화는 다시 보게 되었습니다.

윌 헌팅(Will Hungting)은 주인공 이름입니다. 미국이니 당연히 성이 헌팅이고 이름이 윌이겠지요. 굿 윌 헌팅이란 '괜찮은 윌 헌팅' 정도로 번역이 될 것입니다. 우리나라로 말하면, '괜찮은 김철수'나 '착한 김철수' 정도로 이해하면 무리가 없을 듯합니다. 미국에서는 착한 소년이나 소녀를 흔히 'Good boy', 'Good girl'이라고 표현을 하니까요.

주인공 '윌'의 역할은 맷 데이먼(Matt Damon)이 맡았고, 윌의 멘토인 '숀 맥과이어'는 로빈 윌리암스(Robin Williams)가 연기했습니다. 사실 미국에서는 William이라는 이름은 Will로 줄여서 부릅니다. 어떤 경우에는 William을 Bill로 부르기도 합니다. 미국의 전 대통령 '빌 클린턴'은 본명이 'William Clinton'입니다. Thomas를 간단히 Tom이라고 부르는 것도 마찬가지입니다.

영화에서 윌은 수학에 있어서 천재였습니다. 하지만 그는 대학을 다니지 않았습니다. 보스턴 빈민가에서 살고 있었고, 그가 하는 일은 세계 최고 공과대학인 MIT에서 청소하는 것이었습니다.

영화에서 MIT 수학과 제럴드 랭보 교수는 강의실 복도 칠판에 어려운 수학 문제를 내놓고 학생들에게 그것을 풀어 보라고 합니다. 사실 그 문제는 학부생들이 풀기에는 어려운 난제였습니다. 랭보 교수의 강의를 듣던 많은 학생들 중에서 그 문제를 풀어낸 사람은 한 명도 없었습니다. MIT를 다니던 학생들도 풀지 못하는 문제였으니 얼마나 어려운 것인지는 짐작이 갈 것입니다.

하지만 어느 날 랭보 교수는 누군가 그 문제를 풀어낸 사실을 알고는 강의 시간에 그 문제를 해결한 사람이 누군지 물었지만, 수강생 중에는 아무도 없었습니다. 나중에야 비로소 윌이 그 문제를 풀었다는 사실을 알게 되었고, 랭보 교수가 윌을 테스트해 본 결과 필즈상을 받은 자신보다 윌이 훨씬 더 수학적 재능이 뛰어나다는 것을 알게 되었습니다.

랭보 교수는 윌의 수학적 재능을 펼쳐주기 위해 노력했지만 윌은 이를 거부합니다. 사실 윌에게는 어릴 적 커다란 상처가 있었습니다. 그는 친부모에게 버림을 받았고, 입양이 되어 양부모 밑에서 자랐지만, 무려 네 번의 파양을 겪어야 했습니다. 윌이 받은 마음의 상처는 치유되지 못했고, 천재였음에도 불구하고 정규교육마저 받지 못했습니다.

랭보 교수는 윌의 재능이 발휘되기 위해서는 그의 내면에 있는 커다란 상처부터 치유되어야 한다는 것을 깨달았습니다. 이를 위해 자신의 친구인 숀(로빈 윌리암스)에서 윌을 부탁합니다.

숀은 윌의 멘토로서 함께 대화를 하던 중, 윌의 가장 아픈 상처는 단지 자신을 버린 사람들을 향한 미움만이 아니라는 것을 알게 됩니다. 윌은 스스로 자신은 저주받은 존재이고, 사랑받을 자격도 없는 존재이기에 친부모나 양부모가 자신을 버린 것이라 생각하고 있었습니다. 윌은 끔찍할 정도로 자신을 혐오했고 그것이 그의 내면세계를 파괴했으며 윌의 성장을 방해하고 있다는 것을 숀은 알게 되었습니다.

이로 인해 윌은 자신을 진심으로 사랑하는 여자 친구도 더 이상 다가오지 않도록 거짓말을 하고, 그녀가 자신의 인생에 깊이 들어오는 것을 가로막았습니다. 자신을 낳아준 부모도, 자신을 입양해서 키운 부모도 자기를 버렸기에 이 세상에 그 누구도 자신을 진심으로 사랑하지 않을 것이라 생각했던 것입니다. 그렇게 자신을 학대하는 윌에게 숀은 조용히 다음과 같이 말합니다.

"그것은 네 잘못이 아니야. (It's not your fault.)"

숀은 윌에게 "너에게 일어난 그 모든 끔찍한 일들은 결코 네 잘못이 아니기에 그것에 얽매일 필요가 없다."라고 몇 번이나 확신에 찬 목소리로 힘주어 말합니다.

숀이 이러한 말을 윌에게 할 수 있었던 것은 숀 또한 윌에 못지않은 커다란 상처가 있었기 때문이었습니다. 윌은 그 사실을 알고 숀의 진실된 마음을 받아들여 그동안 쌓였던 모든 감정이 한꺼번에 폭발하며 숀에게 안겨 펑펑 울어버립니다.

봇물 터지는 것과 같은 윌의 감정은 그의 커다란 트라우마를 치유되게 만들었습니다. 윌은 마침내 그 모든 고통은 자기 탓이며, 자신은 결코 사랑받을 자격이 없는 사람이기에 친부모나 양부모에게 학대받고 버려지고 미움을 받았다고 생각했던 자기 자신과 화해를 하게 됩니다. 다른 사람이 아닌 자기 자신과의 진정한 화해가 그의 커다란 상처를 치유하게 만들었습니다. 그리고 윌은 자기 자신이 스스로를 다치게 하지 않는 이상 그 누구도 자신을 다치게 할 수 없다는 사실을 깨닫게 됩니다. 숀의 커다란 아픔이 윌의 아픔을 치유할 수 있게 도와주었던 것입니다.

타인이 아무리 나에게 커다란 아픔과 상처를 주더라도 내가 나 자신을 아끼고 사랑한다면 그것은 아무런 문제가 되지 않을 것입니다. 윌은 어떠한 일이 자신에게 다가오더라도 이제는 모두 극복해낼 수 있다는 사실을 알게 됩니다. 그렇게 '윌(Will)'은 인생의 커다란 장애물을 이겨내고 '굿 윌(Good Will)'로 다시 태어납니다.

월은 숀을 크게 끌어안고 새로운 출발을 하기로 합니다. 지나온 모든 아픔과 작별을 하며 자신을 진심으로 사랑하는 여자 친구를 마음속으로 받아들입니다. 그리고 그 여자 친구와 함께 새롭게 길을 나섭니다.

이 세상의 모든 사람들이 나를 무시하고 버리고 힘들게 하고 고통을 주고 아픔과 상처를 준다고 하더라고 나 자신을 사랑해야 하지 않을까 싶습니다. 타인이 나에게 행했던 모든 나쁜 것들은 그냥 땅에 묻어버리든가 쓰레기통에 버리든가 하면 됩니다. 그러면 그것으로 끝이 납니다. 그를 원망할 필요도 탓할 필요도 없습니다. 더 이상 그러한 것들이 나의 소중한 인생의 발목을 잡지 않게 스스로 해야 합니다. 그 누구의 인생보다 내 자신의 삶이 가장 중요하기에 자신에 대한 혐오를 할 필요도 없고, 삶이나 운명에 대해 원망하지도 말고, 새로운 날들을 바라보고 더 나은 삶을 희망하며 걸어가야 합니다. 나의 아픔을 스스로 이겨내려고 할 때 더 이상의 상처는 존재하지 않을 것입니다. 그것이 유일한 내가 걸어가야 할 길이 아닐까 싶습니다. 과거를 떨쳐버린 월에게는 밝은 미래만이 기다리고 있었을 것이라 확신합니다.

16. 삶은 무한한 반복일지도 모릅니다

예전에 다람쥐를 집에서 키웠던 적이 있었습니다. 분양을 받아 정성껏 돌보아 주었습니다. 하루일과를 마치고 집으로 돌아오면 저녁을 먹은 후 다람쥐를 바라보는 것이 너무 즐거웠습니다. 다람쥐가 사람의 말을 이해하면 얼마나 좋을까, 다람쥐와 소통을 할 수 있으면 얼마나 좋을까 하는 생각을 한 적이 있었습니다.

온몸이 갈색인 보드라운 털과 뚜렷한 줄무늬, 나를 바라보는 눈빛을 지금도 잊을 수가 없습니다. 다람쥐는 쳇바퀴에서 노는 것을 엄청 즐겼습니다. 무엇을 하다가도 심심하면 쳇바퀴에 올라타 한없이 돌리곤 하였습니다. 얼마나 오래도록 쳇바퀴를 돌리나 관찰을 하기도 했는데, 정말 끝없이 돌리는 것이었습니다. 지치지 않나 궁금하기도 하고, 지겹지는 않을까 하는 생각에 한없이 쳐다보았습니다. 다람쥐는 그 쳇바퀴를 매일 수십 번씩 탔고, 한번 올라타면 오래도록 계속해서 쳇바퀴 위에서 놀았습니다.

프리드리히 니체의 〈즐거운 지식〉에 보면 다음과 같은 말이 나옵니다.

"어느 날 오전 또는 어느 날 저녁 악마가 몰래 당신의 가장 고독한 고독 속에 들어와 '당신이 지금 살고 있거나 지금까지 살아온 삶을 다시 한번 더 살아야 하며 또 앞으로도 수없이 반복해야 한다. 그리고 삶에 새로운 일은 전혀 일어나지 않지만, 당신의 삶 속에서 겪었던 사소하거나 중대했던 모든 고통과 기쁨과 모든 생각과 모든 한숨과 모든 것들을 원래 시간 순서대로 다시 경험해야 한다. 영원한 존재의 모래시계를 계속해서 뒤집어야 하며 이런 일을 겪어야 할 당신은 티끌에 지나지 않는다'라고 속삭인다면 당신의 기분은 어떨까?"

니체는 우리의 삶이 무한히 반복될 것이라는 사실을 알면 기분이 어떨지 물어보고 있습니다. 지나온 과거뿐만 아니라 앞으로 주어질 미래도 과거와 똑같은 일들이 일어나고 반복된다면 우리는 그것을 좋아할까요? 아니면 결코 그러한 일들이 일어나지 않기를 바랄까요?

우리의 삶도 다람쥐가 쳇바퀴 도는 것과 별반 다를 것이 없습니다. 어제 했던 일과 비슷한 일을 오늘도 합니다. 그렇게 시간이 흘러 십 년 이십 년이라는 세월이 흘러갑니다. 조금씩은 다르지만 우리가 하는 매일의 일은 그리 새롭지 못합니다.

우리가 만나는 사람도 거의 비슷합니다. 물론 새롭게 만나는 사람도 있지만 그런 사람은 스쳐 지나갈 뿐입니다. 특히 가족의 경우 매일 똑같은 얼굴을 대합니다. 가까운 친구나 동료들 역시 거의 비슷합니다. 우리의 인생이나 다람쥐의 인생이 큰 차이가 있는 것 같지는 않습니다. 다람쥐뿐만 아니라 다른 생명체도 마찬가지입니다.

우리의 일주일 생활의 패턴을 보아도 마찬가지입니다. 월화수목금토일, 다시 월화수목금토일, 그렇게 한주가 지나면 다시 한 달이라는 세월이 반복됩니다. 1일, 2일, 3일, ..., 29일, 30일, 다시 1일부터 시작해서 30일이 반복됩니다. 그렇게 한 달이 지나고 1년이 되고, 1년이라는 세월도 반복이 되어 지금 우리의 나이가 되었습니다.

삶은 반복의 연속일 수밖에 없습니다. 매일 아침 일어나 세수를 하고 밥을 먹고 일을 하고 집으로 돌아와 씻고 저녁을 먹고 자고 다시 아침이 되고, 이러한 무한 반복의 세월이 인생일 수밖에 없습니다.

우리는 이러한 반복에서 어떤 삶의 의미를 찾을 수 있는 것일까요? 매일 지겨운 일들을 해야 하고, 매일 별로 좋아하지 않는 사람을 부딪치며 살아가야만 하는 것일까요? 우리는 얼마나 반복되는 일상과 내가 대하는 사람들로부터 즐거움과 행복을 느끼고 있는 것일까요?

우리는 이러한 무한한 반복을 피할 수 없을 것입니다. 그것이 어쩌면 삶의 본질일지 모릅니다. 새로운 일들이 가끔은 일어나지만, 그것이 삶 자체는 아닐 것입니다. 이러한 과정에서 우리의 선택이 중요하지 않을 수 없습니다.

우리에게 있어서 성공적인 인생이란 한없이 주기적으로 반복되는 삶에서 나 자신의 삶을 긍정적으로 생각하는 것이 아닐까 싶습니다. 매일 일어나는 반복적인 삶을 자랑스럽게 여기는 것이 현명한 선택이 아닐까 합니다.

　오늘 하루가 지나갑니다. 내일도 오늘과 별 차이가 없을 것입니다. 오늘 내가 대했던 사람이 있습니다. 내일도 특별한 새로운 사람을 만날 것 같지는 않습니다. 비록 그러한 것들이 무한히 반복되더라도 긍정적인 사람과 부정적인 사람의 삶은 분명히 차이가 있을 것입니다.

　제가 키웠던 다람쥐는 매일 수도 없이 쳇바퀴에 올라타고 놀아도 그것을 지겨워하는 것 같지는 않았습니다. 당연하다는 듯이 나를 바라보며 즐겁게 쳇바퀴를 돌리는 다람쥐의 모습이 아직도 기억에 생생합니다. 그렇게 몇 달을 나에게 기쁨을 준 다람쥐는 어느날 갑자기 세상을 떠났습니다. 다람쥐의 인생의 전부가 그것이었다고 해서 허무한 생은 아니었다고 확신합니다. 제가 키우던 다람쥐는 쳇바퀴를 매일 돌리며 나름대로 자신의 삶을 즐겁게 보냈다고 생각합니다.

17. 미워하지는 않겠습니다

예전에 누군가에게 오해를 받은 적이 있었습니다. 나름대로 최선을 다해 설명했으나 저의 언어는 거울에 반사되듯 튕겨져 나올 뿐이었습니다. 더 이상 설명하는 것이 오히려 변명하는 것 같아 그만두고 말았습니다.

오래전 누군가에게 무시를 당한 적이 있었습니다. 누구나 단점은 있기 마련인데 제가 아파하는 그곳에 유난히도 커다란 상처를 주었습니다. 그 상처는 영원히 아물 것 같지 않았고 더 이상 그를 대하기가 두려웠습니다.

살아가다 보니 억울한 일을 당한 적도 많았습니다. 그런 일이 왜 나에게 일어나는지 알 수 없는 채로 지낼 수밖에 없었습니다. 화가 났지만 어쩔 수 없이 삼키곤 했습니다.

나도 인간인지라 나를 아프게 하고 상처를 준 이들을 사랑할 자신은 없습니다. 솔직히 분노도 남아있고 그들을 미워하는 마음이 있지만, 이제는 그냥 다 내려놓기로 했습니다.

나를 오해하건, 나를 무시하건, 나를 억울하게 하건, 누구나 실수를 하듯이 그들도 실수한 것인지 모릅니다. 혹여 실수가 아니라 할지라도 이제는 그것에 대해 연연하지 않을 생각입니다. 그들도 언젠가는 자신에 대해 알 수 있는 날이 올 것이라는 생각이 들기 때문입니다. 만약 당시 그들이 그러한 것들을 알았다면 아마 그렇게 하지는 않았을 것이라는 생각이 들곤 합니다.

사랑하지는 못해도 그들을 미워하지는 않으려고 합니다. 왜냐하면 모든 존재는 소중하다는 생각이 들기 때문입니다. 또한 나름대로 살아가려는 의지로 자신의 삶을 살아가고 있기에 그 과정 중에 일어나는 일이라 생각하기로 했습니다.

그들을 미워하지 않으려 하는 이유는 나 자신을 위한 것일지도 모릅니다. 미워하는 마음이 커질수록, 분노와 억울함이 쌓일수록, 그러한 것들이 나 자신의 내면을 파괴한다는 생각이 듭니다.

내가 누군가를 미워하기 시작하면 나의 내면의 세계는 금이 가기 시작하고 이로 인해 나 자신마저 더욱 나쁜 자아로 되는 것 같기에 더 이상 그러한 길을 가지 않으려 합니다. 누군가를 미워하면 나는 점점 작은 세계에서 살아가야만 하는 것 같고, 미워하는 마음을 멈춘 채 사랑의 마음으로 보려고 노력하면 나 자신의 세계가 점점 커져가는 생각이 들기도 합니다.

어떤 상황이나 어떤 경우라 하더라도 누군가를 미워하는 나의 마음은 결국 나 자신을 더 형편없는 존재로 만들기만 하기에 나 자신을 위해서라도 더 이상의 미움은 멈추기로 하였습니다.

미움을 멈춘다는 것이 결코 쉽지는 않지만, 일단 그렇게 하기로 마음을 먹은 이상 불가능하지는 않을 것이란 생각이 듭니다. 나를 힘들게 한 사람을 사랑할 수는 없어도 이제 더 이상 미워하지는 않으리라는 마음으로 이 가을을 보내려 합니다. 오늘따라 가을 햇살이 유난히 아름다운 것 같습니다.

18. 나를 힘들게 하는 감정

그동안 살아오면서 제 자신을 힘들게 하는 감정 중의 하나는 분노였습니다. 가장 분노를 느꼈던 것은 20대 초반이었습니다. 부조리의 가장 대표적인 집단인 군대에서 아무런 이유 없이 어떤 잘못도 없이 맞고 짓밟혔습니다. 지렁이도 밟히면 꿈틀거린다는 말은 사실이었습니다. 아무리 선한 마음을 가지려 해도 그것은 불가능했습니다. 매일 당하는 악의 손아귀에서 벗어나고 싶은 마음뿐이었습니다.

하지만 현실은 그것을 허락하지 않았고, 점차 분노라는 감정은 커져가기만 했습니다. 분노라는 것은 시간이 지나며 진화해 갔습니다. 내면의 분노가 무의식에까지 스며든다는 것을 그때 깨달았습니다. 그러한 무의식에 잠재되어 있는 분노가 어디로 향할지 알 수가 없었습니다.

도스토예프스키의 〈죄와 벌〉에 보면 주인공 라스콜리니코프는 가난한 이웃을 무시하고 그들에게 많은 이윤을 남기는 전당포 노파 아바노브나에 대해 깊은 분노를 느낍니다. 그의 분노는 성장하여 그 노파를 제거해야 할 악으로 인식하게 됩니다.

"노파를 죽이고 그 돈을 빼앗아라. 그리고 그 돈의 도움으로 나중에 전 인류와 공공의 사업을 위해 헌신하라. 네 생각은 어때, 하나의 하찮은 범죄가 수천 개의 선한 일로 무마될 수는 없을까? 하나의 생명을 희생시켜 수천 개의 생명을 부패와 해제에서 구하는 거지. 하나의 죽음과 백 개의 생명을 서로 맞바꾸는 건데, 사실 이거야말로 대수학이지 뭐야. 게다가 저울 전체를 놓고 보면 이런 폐병쟁이에 멍청하고 못된 노파의 목숨이 무슨 의미가 있겠어? 노파는 해로운 존재니까. 남의 목숨을 좀먹고 있거든. 얼마 전에도 홧김에 리자베타의 손가락을 깨물었는데, 하마터면 손가락이 잘려 나갈 뻔 했지."

라스콜리니코프의 노파에 대한 분노는 결국 살인의 정당화로 진화하게 됩니다. 수전노 전당포 노인 한 명이 없어진다고 해서 사회가 어떻게 되는 것도 아니며, 오히려 더 나을 것이라 생각하게 된 것입니다. 그리고 마침내 라스콜리니코프는 전당포 주인 아바노브나를 살해하게 됩니다.

라스콜리니코프는 자신의 선택이 그리 잘못된 것이라 생각하지 못했습니다. 왜냐하면 그의 분노는 이미 그의 무의식을 지배하고 있었기 때문입니다.

살인을 한 이후 라스콜리니코프는 소냐라는 창녀를 만나게 됩니다. 소냐를 만나면서부터 그는 자신의 분노가 어떠한 일을 벌였는지 깨닫기 시작합니다. 라스콜리니코프는 자신의 분노가 스스로를 눈멀게 하여 세상을 객관적으로 볼 수 없었음을 알게 됩니다. 그리고 자신의 행위는 분노와는 차원이 다른 '죄'라는 것을 인식하고, 스스로에게 '벌'을 내리게 됩니다. 평범했던 한 인간이 분노로 인해 어떻게 파멸에 이르게 되는지를 이 소설에서 알 수 있습니다.

분노가 저를 힘들게 했던 이유 중의 하나는 그 감정에 대해 잘 몰랐기 때문이 아닐까 싶습니다. 분노라는 감정이 일어나더라도 시간이 어느 정도 지나면 서서히 가라앉게 되고 나중에는 아예 사라지기에 만약 내면에서 일어나는 분노라는 감정을 스스로 잘 알아볼 수 있다면 그것이 더 커지거나 진화하기 전에 그것을 조절할 수 있지 않을까 싶습니다.

즉 분노라는 감정을 알아차릴 수 있는 것이 나의 분노가 나를 힘들게 하지 않을 것 같습니다. 나의 내면의 세계에서 어떠한 감정들이 오고 가는지를 볼 수 있게 된다면 그 감정이 더 커지기 전에 조절할 수 있을 것입니다. 복잡한 사거리에서 자동차들이 아무리 많아도 교통 정리하는 경찰이 있다면 질서가 유지되는 것과 비슷합니다.

분노에서 자유로울 때 마음이 편해지는 것 같습니다. 분노는 아무런 이익이 없기에 그런 자유를 가질 수 있도록 더욱 노력할 생각입니다.

19. 반감은 파멸로

2007년 노벨 문학상을 수상한 도리스 레싱의 대표작인 〈풀잎은 노래한다〉는 그녀가 어릴 적 살았던 남아프리카를 배경으로 합니다. 이 작품은 한 개인의 누군가에 대한 반감이 결국 그뿐만 아니라 주위의 모든 것을 파멸로 이르게 하고 만다는 이야기입니다.

소설의 여주인공인 메리는 결혼할 나이가 지났는데도 결혼을 하지 못하자 이에 대한 주위의 시선을 버티지 못하고 극장에서 우연히 만난 리처드와 결혼을 합니다. 하지만 사랑이 없는 결혼이 모든 불행의 시작이 될 것이라는 생각을 하지 못했습니다.

두 사람의 결혼 이후 메리는 리처드의 무능과 너무나 가난한 현실에 집을 뛰쳐나오고 맙니다. 진심으로 사랑을 하지 않았기에 그랬을 것이라 생각됩니다. 하지만 메리는 혼자 살아가기가 너무 힘들었기에 다시 리처드에게 돌아갑니다. 이때부터 그녀의 내면은 급격히 붕괴되기 시작합니다.

메리는 성격이 갈수록 거칠어지고 신경질적으로 화를 내게 됩니다. 그리고 이것은 집에서 일하던 흑인 하인에게 향하게 됩니다. 그녀의 하인에게 대한 학대와 모멸은 한계에 이르게 되고 그 하인은 시간이 지나며 점점 메리에 대한 분노의 감정이 커질 수밖에 없었습니다.

"다음 날 점심시간에 새로 온 하인은 긴장한 나머지 접시를 떨어뜨리고 말았는데, 메리는 그 즉시 그를 해고해 버렸다. 집안일은 다시 메리가 할 도리밖에 없었다. 그러나 이번에는 공연히 짜증만 나고 집안일이 하기 싫어졌으며, 그냥 퇴짜를 놓아 버린 멍청이 같은 그 하인이 죽일 놈처럼 여겨졌다. 마치 흑인의 얼굴을 박박 문질러서 피부를 벗겨 내려는 듯, 식탁과 의자와 접시들을 사정없이 문질러 댔다. 분노에 사로잡혀 제정신이 아니었던 것이다."

리처드 또한 메리와의 관계가 점점 나빠지자 결혼에 대한 회의감을 갖게 됩니다. 결국 메리는 새로 온 흑인 하인 모세에 의해 죽임을 당하고 리처드 또한 아내와의 갈등으로 인해 폐인이 되면서 말라리아에 걸리게 되고 약해진 심신으로 인해 리처드도 사망하게 되면서 그들의 삶은 그렇게 어이없이 마감되어 버리고 맙니다.

우리의 삶은 진정으로 예상하지 못하는 일들로 가득합니다. 조그마한 잘못이 별것이 아닌 것 같아도 그러한 잘못에서 문제가 되기 시작하면 그것이 어떻게 삶 전체를 바꾸어 놓게 될지는 알 수가 없습니다.

메리는 어릴 적 부모들의 가난하고 비참했던 생활, 부모의 불화가 쌓이게 되면서 부모에 대한 경멸을 하고 있었으나 이를 심리적으로 치유받지 못한 채 사랑이 없는 결혼까지 이르렀습니다. 부모에 대한 반감은 결국 주위 모든 사람에 대한 반감으로 확대되었습니다. 이것이 그녀와 그녀 남편의 삶을 붕괴시켜 버리게 된 것입니다.

자신의 내면 속에 존재하는 부정적인 감정과 화를 스스로 해결하지 못한 채 다른 힘없는 이들에게 폭발시켜 버리면서 극단의 길을 갈 수밖에 없었습니다. 삶은 그래서 모든 것이 물리고 물리는 그러한 원리를 벗어나지 못하는 것인지도 모릅니다.

소설에 나오는 메리처럼 누군가가 싫거나 미워지게 된다면 그것이 내면의 세계에 치명상을 입힐 수도 있을 것입니다. 누군가에 대한 반감은 시간이 가면서 줄어들기보다는 더욱 커지는 경향이 있습니다. 그 사람은 예전이나 지금이나 별 차이가 없는데 자신이 스스로 그에 대한 반감이나 미움의 감정을 더욱 확대시켜 버리고 마는 것입니다. 이러한 반감은 결국 저주로 변하게 됩니다. 저주로 변하게 되는 과정은 어쩌면 자신에게 더욱 책임이 있는 것인지 모릅니다. 스스로 그렇게 되지 않으려고 노력하기보다는 그 미워하거나 싫어하는 감정을 그대로 내버려 두었기 때문입니다.

좋아하는 감정이 시간이 지나면 더 커질 수 있듯 싫어하는 감정도 시간이 지남에 따라 더욱 커질 수 있다는 사실을 인식하지 못한 것인지도 모릅니다.

누군가에 대한 반감이 있다는 생각이 든다면 지금 즉시 그러한 감정을 멈출 수 있도록 노력해야 할 필요가 있습니다. 이는 달리 생각할 필요 없이 나 자신을 위한 길이기 때문입니다. 누군가를 미워하거나 싫어한다면 내면의 세계는 점점 황폐하게 될 수밖에 없을 것입니다.

내가 싫어하고 미워하는 그 사람에 대한 반감을 키우기에 앞서 그 사람에 대해 조금이라도 더 알고 이해하려는 노력을 했는지 살펴볼 필요도 있습니다. 모든 사람은 지나온 과거가 있기에 그 사람의 그러한 시간들을 충분히 알지 못하는 상황에서 그에 대해 이해했다고 할 수는 없을 것입니다. 만약 내가 싫어하는 그가 왜 나에게 그렇게 했는지 충분히 알게 된다면 그를 미워하지 않을 여지도 있을 것입니다.

모든 사람은 이 세상에 사랑받기 위해 태어났고 사랑받고 싶어 하며 자신 또한 다른 이들을 사랑하기를 원할 것입니다. 그렇게 되지 못하는 지금의 현실이 안타까울 수밖에 없습니다.

미워하고 싫어하는 반감의 감정을 조금씩 내려놓고 조금이라도 더 이해하고 받아들이고 사랑하려는 마음이 내가 지금 미워하는 사람과 나 자신을 위한 가장 좋을 길이 아닐까 싶습니다. 메리가 그러한 노력을 조금이라도 했더라면 모든 것이 끝나는 파멸의 길을 피할 수는 있었을 것입니다.

20. 삶의 끝에서

푸른 꿈을 위해 열심히 살아왔지만, 삶의 어느 골목에서 우리는 극한의 절망에 빠지기도 합니다. 더 이상 헤어 나오지 못할 삶의 한계와 마주했을 때 모든 것을 포기하고 싶고 모든 것에서 떠나고 싶은 마음 간절해질 수밖에 없을 것입니다.

최인호의 〈깊고 푸른 밤〉은 모두가 그렇듯이 인생의 커다란 목표를 위해 자신이 꿈꾸었던 아름다운 세계를 위해 앞으로만 달려왔지만, 무언가 모를 올가미가 더 이상 달려 나가지 못하게 그의 발목을 잡는 어떤 한 인간의 극한의 생의 모습을 이야기해주는 소설입니다.

"지난 십여 년 동안 한시도 제대로 쉬지 못하고 혹사한 탓으로 신경이 팽팽한 바이올린의 현처럼 끊어져 버린 모양이라고 자위해 보기도 했었다. 그러나 참을 수 없는 분노는 더 이상 긴장과 자제로써도 눌러 진정시킬 수가 없었다. 분노는 그의 입을 튀쳐 나오고, 그의 손끝을 불수의 근육처럼 움직였다. 술좌석에서 그는 술만 마시면 마주 앉은 사람들과 싸웠고 어떤 때는 병을 깨고 술상을 뒤집어 엎어버리기도 했었다. 그가 여행을 떠나온 것은 그런 모든 분노의 일상생활에서 도망쳐 온 것이었다."

살아간다는 것은 행복을 위해, 아름다운 미래를 위해, 자신의 꿈을 이루기 위해, 보다 나은 삶을 위해 매일같이 최선을 다해 달리는 그다음 날에도 또 달리는 단거리이자 장거리 선수와 같은 것인지도 모릅니다.

인간은 생리적으로 한계를 가지고 있기에 육체적으로나 정신적으로 어느 순간에는 삶의 무게에 지쳐 쓰러지기 마련입니다. 예전엔 전혀 예상하지도 못하고 그러한 일이 자신에게 일어나리라 생각하지 못했지만, 인생이라는 짧지 않은 길을 걸어가는 우리에게는 어느 순간 감당치 못하는 삶의 무게가 우리를 짓누르기도 합니다. 하지만 삶은 그러한 여정의 연속일 수밖에 없기에 그 순간을 지나간다면 다시 자유로운 시간을 마주할 수가 있지 않을까 싶습니다.

"그제서야 줄곧 그의 마음속에 끓어오르던 분노의 불길이 서서히 꺼져가는 것을 보았다. 파도에 의해서 밀려온 낯선 뭍으로의 망명이 그의 분노를 잠재운 것은 아니었다. 그는 그가 살아온 모든 인생, 그가 보고 듣고 느꼈던 모든 삶들, 그가 소유하고 잃어버리고 허비했던 명예와 허영, 그가 옳다고 믿었던 정의와 법, 때로는 성공하고 때로는 배반당했던 그의 욕망, 끊임없이 추구하던 쾌락과 성욕, 그가 한때 가지고 버렸던 숱한 여인들, 그 모든 것들로부터 무참하게 얻어맞고 마침내 처절하게 패배당한 것 같은 느낌을 받았다. 처절하게 패배당했다는 사실을 깨달았을 때 그의 분노는 참다랗게 재를 보이며 소멸당했다. 이제는 원한도, 증오도, 적의도, 미움도, 아무것도 가질 이유가 없었다. 그는 딱딱한 바위의 표면 위에 입을 맞추며 그를 굴복시킨 모든 승리자들에게 용서를 빌었다. 그리고 이젠 정말 돌아가야 한다고 다짐했다. 그는 너무 지쳐 있었으므로 그 누구에게든 위로받고 싶었다."

지나고 나면 별것 아니었다는 사실, 모든 것은 다 이유가 있고, 시간은 정직하다는 진리가 그러한 삶의 고비를 넘긴 이들에게 봄날의 따스한 햇빛처럼 주어지는 것이 아닐까 싶습니다. 인생이 무엇인지, 삶이 어떠한 것인지는 그러한 고비를 넘긴 이들에게 주어지는 선물인지도 모릅니다.

"우린 절대로 죽지 않아. 봐라, 저 꿈틀거리는 검은 것이 무엇인지 아니. 그건 바다야. 태평양이야. 저 바다는 네가 돌아가려는 나라의 기슭과 맞닿아 있지. 우린 틀림없이 돌아가게 돼. 길을 찾을 수 있을 거야. 날이 밝으면 우린 돌아갈 수 있게 돼. 로스앤젤레스는 멀지 않아. 그곳에서 비행기를 타고 당장에라도 저 바다를 건너갈 수 있을 거야."

포기하지 않고 길을 걸어갈 때 최종적인 목적지에 도달하듯, 그 순간순간을 어떻게든 살아내는 이들에게 조그마한 기쁨과 행복을 누릴 수 있는 순간이 찾아오지 않을까 싶습니다. 언젠가는 그런 날이 오리라는 희망을 가슴속에 새기고 오늘 다시 묵묵히 길을 걷는 것만이 최선이라는 것은 삶의 끝에 도달한 자가 알게 되는 평범한 진리라는 생각이 듭니다.

21. 폴은 왜 바람둥이 로제에게 돌아왔을까요

프랑수아 사강의 소설 〈브람스를 좋아하세요...〉에서 여주인공 폴은 오래도록 사귀어온 로제와 멋지고 젊은 연하 시몽과의 사이에서 방황을 합니다.

사실 폴은 로제를 사랑했지만, 점점 로제에 대한 자신의 한계를 느끼기 시작합니다. 로제는 폴과 동거하면서도 다른 여자를 만나는 자유분방한 사람이었습니다. 하지만 로제의 마음속에는 항상 폴이 있었습니다. 폴 역시 로제의 그러함을 잘 알고 있었습니다.

"로제가 도착하면 그에게 설명하리라, 설명하려 애쓰리라. 자신이 지쳤다는 것, 그들 두 사람 사이에 하나의 규율처럼 자리 잡은 이 자유를 이제 자신은 더 이상 어떻게 할 수 없다는 것을. 그 자유는 로제만 이용하고 있고, 그녀에게는 자유가 고독을 의미할 뿐이 아니던가. 문득 그녀는 아무도 없는 자신의 아파트가 무섭고 쓸모없게 여겨졌다. 그가 그녀를 혼자 자게 내버려 두는 일이 점점 더 잦아지고 있었다. 아파트는 텅 비어 있었다. 두 눈에 눈물이 고였다. 오늘 밤도 혼자였다. 그리고 앞으로의 삶 역시 그녀에게는, 사람이 잔 흔적이 없는 침대 속에서, 오랜 병이라도 앓은 것처럼 무기력한 평온 속에서 보내야 하는 외로운 밤들의 긴 연속처럼 여겨졌다."

 지쳐가는 폴에게 갑자기 나타난 사람이 연하의 멋지고 젊은 남자 시몽이었습니다. 시몽은 폴을 처음 본 순간 한눈에 그녀에게 반하고, 브람스 음악회를 같이 가자고 합니다. 브람스는 자신보다 14살 연상인 로버트 슈만의 아내 클라라 슈만을 평생 마음에 품은 채 독신으로 살았습니다. 시몽은 자신보다 연상인 폴을 보면서 브람스를 생각했을 것입니다.

 시몽의 데이트 신청을 받은 폴은 많은 생각을 합니다. 갑자기 다가온 젊은 시몽이 싫지는 않았습니다. 하지만 그녀에게는 오랫동안 같이 지냈던 로제가 있었습니다.

 "브람스를 좋아하세요..."라는 질문을 받았을 때 폴은 로제와 함께했던 시간을 회상하며 생각에 잠깁니다.

 "자기 자신 이외의 것, 자기 생활 너머의 것을 좋아할 여유를 그녀가 아직도 갖고 있기는 할까? 물론 그녀는 스탕달을 좋아한다고 말하곤 했고, 실제로 자신이 그를 좋아한다고 여겼다. 그것은 그저 하는 말이었고, 그녀는 그 사실을 알고 있었다. 마찬가지로 어쩌면 그녀는 로제를 진정으로 사랑하는 것이 아니라 사랑한다고 여기는 것뿐인지도 몰랐다."

 그리고 폴은 로제와 헤어진 후 시몽과 동거를 시작합니다. 하지만 그녀의 마음 깊은 곳엔 로제가 자리 잡고 있었습니다. 어느 날 식당에 간 폴과 시몽은 다른 여인과 함께 온 로제를 만나게 됩니다. 식사를 하고 폴은 시몽과 그리고 로제는 다른 여인과 춤을 추기 시작합니다.

"저녁 식사 후 그들은 춤을 추었다. 로제는 그 여자 앞에서 언제나처럼 어색하게 몸을 이리저리 움직이고 있었다. 시몽이 일어났다. 그의 춤은 능숙했다. 두 눈을 감춘 채 그는 유연하고 날렵하게 춤을 추면서 노래를 흥얼거렸다. 그녀는 시몽에게 몸을 내맡겼다. 어느 순간 그녀의 드러난 팔이 가무잡잡한 여자의 등에 두르고 있던 로제의 손을 스쳤다. 그녀는 눈을 떴다. 로제와 폴, 그들 두 사람은 상대의 어깨 너머로 서로를 바라보았다. 움직임도, 리듬도 없는 느린 춤곡이 흐르고 있었다. 그들은 아무런 표정도 짓지 않은 채, 미소조차 보이지 않은 채, 서로 알은체도 하지 않은 채 십 센티미터 거리에서 서로를 응시하고 있었다. 어느 순간 갑자기 로제는 여자의 등에서 손을 떼어 폴의 팔을 향해 뻗었다. 그의 손가락 끝이 그녀의 팔에 와 닿았다. 순간 그의 얼굴에 떠오른 표정이 어찌나 간절했던지 그녀는 눈을 감지 않을 수 없었다. 이윽고 시몽은 몸을 돌렸고, 로제와 폴은 더 이상 서로의 모습을 볼 수 없었다."

폴과 로제의 손가락이 닿는 순간 폴은 로제에 대한 자신의 마음을 깨닫게 됩니다. 그리고 폴은 시몽과 이별을 고하고 로제와 다시 합칩니다. 폴과 로제는 다시 동거를 시작했지만, 로제는 예전과 달라지지 않았습니다. 물론 폴도 이러한 것을 충분히 예상하고 있었습니다.

폴은 어째서 시몽을 떠나 바람둥이인 로제에게 돌아온 것일까요? 그것은 아마도 시몽이 현재 폴을 사랑하기는 하지만 시간이 지나며 그가 자신을 언젠간 버릴 것이라 생각했기 때문이 아닐까 합니다. 또한 로제가 비록 바람둥이이고 자신을 외롭게 만들고 분노를 일으키게도 하지만 로제는 자신을 어떤 경우에도 버리지는 않을 것이라 느꼈기 때문일 것입니다.

"폴은 처음 만났을 때 실내복 차림으로 경쾌하고 어리둥절한 표정을 짓고 있던 시몽을 떠올리고는 그를 원래의 그 자신에게로 돌려보내고 싶은 마음이 들었다. 그를 영원히 보내 버림으로써 잠시 슬픔에 잠기게 했다가, 예상컨대 앞으로 다가올 훨씬 멋진 수많은 아가씨들에게 넘겨주고 싶었다. 그에게 인생이라는 걸 가르치는 데에는 시간이 자신보다 더 유능하겠지만, 그러려면 훨씬 오래 걸리리라. 그녀의 손안에 놓인 그의 손은 움직이지 않았다. 그의 손가락에서 맥박이 파닥이는 것을 느끼자 그녀는 갑자기 눈에 눈물이 고였는데, 그 눈물을 너무도 친절한 이 청년을 위해 흘려야 할지, 아니면 조금 슬픈 그녀 자신의 삶을 위해 흘려야 할지 알 수 없었다."

시몽이 폴을 사랑하고 있다는 것을 폴 또한 잘 알고 있었고, 폴도 시몽이 싫지는 않았습니다. 하지만 시간이 흘러 자신은 나이가 먹을 것이고 먼 미래에 자신이 사랑하는 사람에게 영원히 버림을 받는 것이 폴은 두려웠을 것입니다. 폴은 로제의 자유분방함을 참아내기가 힘은 들지만, 로제는 어떠한 일이 있어도 폴을 버리지는 않을 것을 알고 있었을 것입니다. 이러한 두려움이 폴로 하여금 바람둥이 로제의 곁으로 다시 돌아가게 만들었던 것이 아닐까 합니다. 만약 시몽에게서 그러한 것을 느꼈다면 아마 폴은 로제에게 돌아가지 않았을지도 모릅니다.

누군가를 버릴 수 있는 자의 곁에는 진정으로 그를 사랑하는 자가 떠나가게 될지도 모릅니다. 왜냐하면 그 사람은 그를 사랑하는 만큼 그 버림의 아픔을 감당하기가 어렵기 때문입니다. 비록 감당하기 어려운 것이 있을지라도 자신의 곁에 오래도록 함께 해줄 수 있을 사람에게서는 그러한 커다란 아픔을 경험하지는 않을 테니까요.

22. 얼음이 되어 버린 사람

미우라 아야코의 〈빙점〉은 어느 한 남자의 복수에 관한 이야기입니다. 평범하고 다른 이에게 악한 짓을 하지 않았던 주인공은 자신을 배신한 아내에게 복수를 하려고 합니다. 처음에는 주저하지만, 어느 한계점에 이르러 결국 그는 복수를 할 수 있게 되는 사람으로 변해갑니다. 결국 그 한계점을 넘는 순간 이를 실행으로 옮길 수 있게 됩니다.

물은 0도 이하가 되면 얼음이 됩니다. 그 0도라는 한계가 바로 빙점, 즉 어는점이 되어 그 주위의 모든 것을 얼려버리고 맙니다. 사람 또한 마찬가지가 아닐까 싶습니다.

누군가에 대한 감정이 점점 부정적으로 변하면서 그 정도가 심해집니다. 겨울이 시작되어 시간이 지나면 점점 기온이 내려가는 것과 같습니다. 그런 부정적인 감정은 스스로를 변하게 만들어 버리고 맙니다. 예전에 자신이 좋아하고 사랑했던 사람의 모든 것이 싫어지기 시작합니다. 예전에는 함께하고 싶었지만, 이제는 한순간도 그 사람과 어떤 것도 공유하는 것을 거부하게 됩니다. 그리고는 결국 극단적인 선택을 하게 됩니다.

"시청의 낡은 문기둥 옆에 선 채 게이조는 아직도 망설이고 있었다. '나는 요코를 진심으로 사랑할 수 있을까?' 게이조는 코트 깃을 세웠다. 본심은 요코를 사랑하려는 것이 아니다. 나쓰에에게 범인의 자식을 키우게 하고 싶었던 것이다. 나를 배반하고 무라이와 정을 통한 나쓰에 때문에 그날 루리코는 살해되었다. 나는 그런 나쓰에가 요코의 출생의 비밀을 알고 괴로워할 날을 위해 그 아기를 데려온 것이다. 나쓰에의 부정을 일시적인 마음의 방황으로 돌리고, 어떻게든 용서할 수는 없는가? 한번은 나도 용서를 했다. 루리코의 죽음을 미칠 듯이 슬퍼하는 나쓰에를 나는 용서했다. 그러나 진심으로 루리코의 죽음을 슬퍼했다면, 또다시 무라이의 품에 안겼을 리가 없다."

가을을 지나 겨울이 되면 온도가 내려가듯이, 겨울이 지나 봄이 되면 다시 기온이 올라갑니다. 정말 복수심이 불타오를 정도로 싫은 사람도 처음부터 그가 싫었던 것은 아니었을 것입니다. 예전에 그 사람에 대한 감정이 현재에 이르러 변했듯이, 현재의 감정이 시간이 지난 미래에 변할 수도 있을 것입니다.

세월은 사람의 마음을 언제나 변하게 만듭니다. 현재의 자신의 마음이 변하지 않을 것이라 생각하지만, 그것은 오직 자신의 생각일 뿐입니다. 지금 자신의 마음에 엄청난 복수심에 가득 차서 어떠한 극단적인 선택을 한다는 것은 미래의 모든 가능성마저 전부 스스로 포기하는 것이 아닐까요?

악한 사람도 시간이 지나 인생을 알게 되면 언젠가는 선한 사람으로 변할 수 있습니다. 나를 배신한 사람도 시간이 지나 자신의 잘못을 깨닫고 참회하고 새로운 길을 갈 수도 있습니다. 그런 가능성을 모두 막아버린다면 우리의 삶은 어쩌면 더 비참해질지도 모릅니다. 이런 의미에서 "원수도 사랑하라"라는 말은 진정으로 깊은 깨달음의 인식이 아닐까 싶습니다. 지금으로서는 나의 원수일지 모르나 훗날 그가 나의 진정한 친구가 될지 알 수는 없습니다. 인생은 지금 나의 지식으로 극단적인 것을 결정할 만큼 결코 단순한 것은 아닐 것입니다.

극단적인 선택을 하거나, 복수를 한다고 해서 남는 것은 무엇일까요? 단지 나의 기분이 좋아지는 것밖에는 없습니다. 순간적으로 후련할지는 모르나 그 나머지 결과는 오롯이 그의 책임입니다. 오히려 더 무거운 짐을 짊어지고 가야 할지 모릅니다.

서로를 미워하기 시작하면 시간이 갈수록 점점 더 심해지고, 남을 비판하면 할수록 점점 더 커다란 비판을 하게 될 수밖에 없습니다. 결국 나 자신은 어느 순간 빙점을 넘어서게 되어 내가 복수하려는 그 사람보다 더 악한 사람으로 될지도 모릅니다. 나 자신이 얼음이 되어 버리고, 내 주위의 모든 것을 얼려버릴지도 모릅니다. 스스로 얼음이 되었다는 사실조차 모르기에 이제 그에게는 봄이 찾아오지 않을 수도 있습니다. 그는 이제 주어진 나머지의 모든 시간을 추운 겨울에서 보내야 할지도 모릅니다.

"원수를 사랑하라"라는 말이 그저 성경에 나오는 비현실적이고 우리와는 전혀 상관없는 탁상공론 같은 말은 아닐 것입니다. 그 말은 아마도 복수심이라는 감옥에 갇혀 있는 나 자신을 해방시켜 줄 수 있는 것일 수 있습니다. 그 지독한 미움과 복수심에서 자유롭게 되는 것이 어쩌면 진정한 나 자신을 위한 길일지도 모릅니다. 이것은 나 자신의 얼음을 스스로 녹일 수 있는 시작이 될 수 있을 것입니다. 내가 녹아야 내 주위도 녹을 수 있고, 그로 인해 추운 겨울이 가고 아름다운 꽃이 피는 봄이라는 계절이 다시 찾아오지 않을까 합니다. 나에게 봄을 선물하는 것은 다름 아닌 나 자신인 것만은 너무나 분명한 사실일 것입니다. 미움은 미움을 낳고 복수는 복수를 낳아 결국 남는 것은 커다란 상처밖에 없을 것입니다. 그러한 악순환의 고리를 오늘 당장 끊어내는 것만이 진정한 용기가 아닐까 싶습니다.

23. 너무 늦었습니다

　어릴 적 일요일이면 그 친구와 자전거를 타고 시내 이곳저곳을 돌아다녔습니다. 가봤자 뻔한 곳이었지만 그렇게 함께 돌아다니며 즐거운 시간을 보냈던 행복했던 순간이 있었습니다. 갈 곳도 별로 없었지만 그래서 매주 비슷한 곳을 다녔어도 한 번도 지루한 느낌을 가졌던 적은 없었습니다. 단지 함께 시간을 보내는 것만으로도 충분히 행복을 느낄 수 있었습니다.

　시간이 흘러 중고등학교에 갔고 대학이라는 이름에 빠져 일요일 그 즐거웠던 시간이 점점 줄어들었습니다. 정신없이 고등학교를 졸업하고는 각자의 길이 다르기에 그 길을 걸어가느라 일요일에 만나는 것조차 쉽지가 않았습니다.

　가정을 갖게 되고 해야 할 일이 계속되기에 그 친구의 얼굴조차 보기 힘들었습니다. 세월이 뚝 잘려 나가듯 어느새 시간은 번개처럼 흘러갔고 소식마저 아득해지며 그렇게 나이를 먹었습니다.

　그래도 언젠가 다시 만나 아름다웠던 어린 시절처럼 같이 시간을 보낼 수 있으리라 믿었습니다. 잘 지내는지도 모른 채, 연락을 한 지 얼마나 됐는지 기억이 나지 않는 그러한 시간만 쌓여갔습니다.

이제는 더 이상 그 친구를 만날 수가 없습니다. 내가 있는 이 시공간에 그 친구는 이제 존재하지 않습니다. 닿을 수 없는 머나먼 곳으로 떠나버렸고, 아무리 소리쳐도 그 친구는 이제 대답조차 하지 못합니다.

〈너무 늦게 그에게 놀러 간다〉

나희덕

우리 집에 놀러와. 목련 그늘이 좋아.
꽃 지기 전에 놀러 와.
봄날 나지막한 목소리로 전화하던 그에게
나는 끝내 놀러 가지 못했다.

해 저문 겨울날
너무 늦게 그에게 놀러간다.

나 왔어.
문을 열고 들어서면
그는 못 들은 척 나오지 않고
이봐. 어서 나와.

목련이 피려면 아직 멀었잖아.
짐짓 큰소리까지 치면서 문을 두드리면
조등(弔燈) 하나
꽃이 질 듯 꽃이 질 듯
흔들리고, 그 불빛 아래서
너무 늦게 놀러온 이들끼리 술잔을 기울이겠지
밤새 목련 지는 소리 듣고 있겠지.

너무 늦게 그에게 놀러 간다.
그가 너무 일찍 피워 올린 목련 그늘 아래로.

어린 시절 그 아름다웠던 시간을 다시 느낄 수 있으리라고 생각했던 것은 저의 착각이었습니다. 그러한 시간은 스스로 노력하지 않는 한 결코 주어지지 않는다는 사실을 이제야 깨닫게 되었습니다. 하지만 그 깨달음의 순간은 너무 늦어버리고 말았습니다. 제가 꿈꾸었던 그러한 시간이 이제는 불가능합니다.

하얀 목련은 하얀 조등(弔燈)으로 바뀌어 버렸고, 목련 그늘이 있어도 그곳에서 함께 할 사람이 이제 더 이상 이 땅에 존재하지 않습니다.

죽음엔 선후배가 없다는 것, 나이에 상관없이 이 땅을 떠날 수 있다는 것을 알면서도 왜 그리 미루기만 했던 것일까요? 이제는 보고 싶어도 볼 수 없고, 만나고 싶어도 만날 수 없고, 이야기하고 싶어도 이야기할 수 없습니다. 오직 저에게 남아있는 것은 그 친구와 함께했던 그 아름다운 순간의 추억일 뿐입니다.

　그 누구와 그런 순간들을 만들어 갈 수 있을까요? 아마 다시는 그런 시간들이 올 것 같지는 않습니다. 그 친구였기에 가능했던 순간들이었고, 이제는 그런 순수한 마음을 가진 사람을 만난다는 것은 불가능하다는 것을 너무나 잘 압니다. 비록 너무 늦었지만, 이제는 만날 수 없는 그 친구에게 내 인생에서 가장 아름다운 순간들을 만들어 준 것은 너였다고 말하고 싶습니다.

24. 버리지 못하고

  일을 하다 방안을 둘러보니 갑자기 공간이 부족하다는 생각이 들었습니다. 새로 산 책을 꽂으려 해도 자리가 없기에 정리하기 시작했습니다. 일단 일부라도 버리기 위해 오래된 책부터 꺼내기 시작했습니다. 앞으로 볼 일도 없을 것 같아서, 더 이상 필요하지 않을 것 같아서, 누렇게 변색이 되어 버린 책들을 꺼내 쌓았습니다. 그중에는 30년이 넘은 책들도 있었습니다. 이사할 때마다 가지고 다니느라 그동안 고생한 생각이 떠올랐습니다. 지난 세월 수없이 이사하는 동안 별로 필요하지도 않았는데 왜 그리 오래도록 가지고 다녔을까 하는 생각이 들었습니다. 가만히 생각해보니 이삿짐 아저씨들이 오래된 것들이 왜 이리 많냐고 속으로 많이 욕했을 거란 생각도 들었습니다.

  가장 오래된 책들을 하나씩 꺼내다 보니 한 무더기나 되었습니다. 그곳에 최근에 싼 책을 꽂아보니 깔끔하고 산뜻한 느낌이 들어 기분이 아주 좋았습니다. 책꽂이를 정리하고 나서 버리려고 쌓은 책을 들고 나가려 했는데, 막상 망설여졌습니다. 미련이 남았던 것인지 그 오랜 책을 펼쳐보았습니다. 누렇게 변한 종이가 세월을 말해주고 있었습니다. 책 안에 쓰여 있던 글씨가 눈에 들어와 잠시 바라보았습니다. 그 글씨를 보니 오래전 대학을 다닐 때의 제 모습이 떠올랐습니다. 버리려던 다른 책도 펼쳐보니 마찬가지였습니다. 앞으로 볼 책도 아니고, 필요하지도 않고, 가지고 있으면 오히려 짐만 되는 것을 잘 아는데도 결국 버리지 못했습니다. 버리려고 쌓은 책들을 다시 빈자리를 찾아 꽂아 넣었습니다. 그리고는 마음을 먹었습니다. 죽을 때까지 가지고 있자, 안 보더라도, 필요가 없더라고, 짐이 되더라도 내가 죽고 나면 누군가는 버리겠지 하는 생각으로 구석 자리라도 만들어 꽂았습니다.

〈버리지 못한다〉

　　　김행숙

애야, 구닥다리 살림살이
산뜻한 새것으로 바꿔보라지만
이야기가 담겨 있어 버릴 수가 없구나
네 돌날 백설기 찌던 시루와 채반
빛바랜 추억으로 남아있고
투박한 접시의 어설픈 요리들,
신접살림 꾸리며 사 모은 스테인리스 양동이
어찌 옛날을 쉽게 버리랴

어린 시절 친구들이 그립다
코흘리개 맨발의 가난한 시절
양지쪽 흙마당의 웃음소리

오늘이 끝인 양 마침표 찍고
내일부터 새 목숨 살아갈 순 없지
유유한 강물로 흐르면서
지난날은 함부로 버릴 수 없는 것
한 번 맺은 인연도 끊을 수 없는 거란다.

　생각으로는 버리고 싶지만, 마음으로는 버리지 못하는 것이 인생이 아닐까 합니다. 사람이건 물건이건 나에게 온 것은 그만한 인연이 있었기 때문이기에 스스로 떠나가지 않는 한 오래도록 간직하려고 합니다. 비록 불편하고 거추장스럽더라도 그동안 함께했기에 남은 시간도 같이 하려고 합니다. 오래된 것이 문제가 있을지는 모르나 그것에는 그 오랜 세월 함께한 나의 존재도 들어있기 때문입니다.
　구석에 꽂혀있는 누런 책들을 가끔이라도 꺼내 볼까 합니다. 갑자기 그 오랜 책이 나에게 미소 짓는 듯한 기분이 들었습니다. 내가 펼쳐보니 아마 행복을 느끼는 것 같습니다. 나도 누렇게 변한 그 오래된 책을 보니 저절로 미소가 지어졌습니다. 인연은 그래서 소중하다고 하는 것 같습니다.

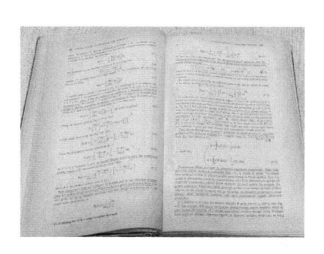

25. 모든 것을 즐기며

예전에 산에 오르는 것을 좋아했던 적이 있었습니다. 이산 저산 오르다 보니 험하고 높은 산을 오르기 위한 욕심이 생기기 시작했습니다. 부끄럽지만 일종의 탐욕이었습니다. 백두대간 산우회에 가입해 산에 오르기도 하고, 한국의 명산을 찾아 오르기도 했습니다. 힘들게 올라가 정상에 서면 기분이 상쾌했습니다. 하지만 정상에 머무는 것은 잠시일 뿐, 다시 내려와야 했습니다. 정상에 빨리 도착하기 위해 올라가는 것을 즐기지 못했습니다. 내려올 때는 다리가 아파 내려오는 것도 고통이었습니다. 그때 깨달은 것은 등산은 정상에 서기 위한 것이 전부가 아니라는 것이었습니다.

물론 정상에 서면 천하가 작게 보입니다. 천하가 작게 보이니 세상사 별것 아니라는 것도 알게 됩니다. 하지만 나중에 생각되었던 것은 정상도 별것 아니라는 사실이었습니다. 어느 산이건 정상에 가면 거의 비슷했습니다. 물론 풍경이 다르기에 느끼는 기분 또한 다르기는 합니다.

이제는 정상을 목표로 해서 산을 오르지는 않습니다. 험하고 높은 산에 대한 욕심도 없습니다. 경치가 좋고 풍광이 좋은 산에 오르면 기분이 좋기는 하지만, 그런 산을 찾아 오르기 위해 많이 애쓰지는 않습니다. 집에서 가까운 곳이라도, 그곳이 높거나 험하지 않더라고, 너무 평범할지라도, 오르는 그 자체를 즐기기로 마음먹었습니다.

〈티벳에서〉

이성선

사람들은 히말라야를 꿈꾼다
설산
갠지스강의 발원

저 높은 곳을 바라보고
생의 꽃봉오리로 오른다

그러나
그 산 위에는 아무것도 없다

생의 끝에는
아무것도 없다

아무것도 없는 곳으로 가기 위하여

많은 짐을 지고 이 고생이다

 많은 등산인들이 꿈에 그리는 히말라야를 오를 일은 아마 없을 것입니다. 아프리카의 최고봉 킬리만자로를 올라보고 싶은 마음도 있었습니다. 하지만 이제 모든 여건이 그것을 허락하지도 않는다는 것을 압니다.
 저의 목표가 비록 그리 높지 않고 남들이 알아주지 않는 평범한 산일지라도 등산을 떠나는 처음부터 집으로 돌아오는 끝까지 그냥 즐길 생각입니다.
 등산뿐만 아니라 모든 일이 그렇다는 생각이 듭니다. 제가 하는 일이 그리 중요하지 않고 남들이 알아주는 목표가 아닐지라도 욕심을 내려놓고 그 과정 자체를 즐기면서 하려고 합니다. 즐기다 보면 오래 할 수 있고, 오래 하다 보면 그 안에서 행복을 찾을 수 있는 것도 알게 될 수 있을 것입니다. 비록 이루어내는 것이 소소할지라도 그 과정에서 느끼는 행복을 더 소중하게 생각하고 싶습니다. 남들이 이루려는 꿈이나 목표, 다른 이들이 알아주는 것이 아닐지라도 그것이 그리 중요한 것 같지는 않습니다.
 히말라야 정상에 올랐더니 아무것도 아니라고 시인이 느낀 것은 그 과정을 잃어버렸기 때문이 아닐까 싶습니다. 과정이 고생이 되지 않게 하기 위해 모든 것을 즐기는 마음으로 하려 합니다.

비록 남들이 알아주지 않아도 상관없습니다. 다른 사람이 생각하는 것이 저한테는 그리 중요하지도 않습니다. 짐이 아무리 무거워도 즐기는 마음이라면 그것이 그리 고생되지 않는다는 것을 이제는 잘 압니다.

26. 아름다운 필연으로

　우리 주위에는 우연하게 일어나는 일들이 무수히 많습니다. 나하고 가장 친한 친구를 어떻게 만났는지 생각해 보면 바로 알 수 있습니다. 그 친구를 미리 알고 그와 친해지기 위해 계획하고 만난 사람은 아마 없을 것입니다. 요즘 가장 친하게 지내는 친구들도 예전에 우연히 만났던 것입니다. 그 우연한 만남이 수십 년째 계속되곤 합니다. 그 친구들을 만나기 전 그들을 전혀 몰랐을 것입니다. 이것은 결코 어떤 의도나 계획에 의한 것이 아닙니다. 우연이 아름다운 필연이 된 것입니다.

　우연은 아픈 필연으로 이어지기도 합니다. 우연히 만난 사람과 어느 정도 친해지다가 그 사람으로부터 상처를 받기도 하고 고생을 하기도 합니다. 나한테 가장 가까웠던 사람이 나를 배신하기도 하고 사기를 치기도 하며 나를 헌신짝처럼 버리기도 합니다. 우연이 어떤 필연으로 될지는 그 누구도 알 수 없습니다.

　"돌연변이가 처음 나타날 때 이 합목적적인 장치가 어떻게 작용하고 있느냐가, 우연으로부터 태어난 이 새로운 시도를 잠정적으로 받아들일지 혹은 영속적으로 받아들일지, 그것도 아니면 거부할지를 결정하는 최초의 본질적인 조건이 된다. 자연 선택에 의해 심판받는 것은 합목적적인 기능 상태, 즉 건설적이고 제어적인 상호작용들의 네트워크가 갖는 속성들의 전체적인 표현인 것이다. 그리고 바로 이렇기 때문에 진화 자체가 어떤 '의도'를 수행하고 있는 것처럼, 다시 말해 조상 대대로부터 내려오는 유구한 '꿈'을 계속 이어가고 확장해가려는 의도를 수행하고 있는 것처럼 보이는 것이다. 인간은 마침내 그가 우주의 광대한 무관심 속에 홀로 내버려져 있음을 알게 되었다. 이 우주의 그 어디에도 그의 운명이나 의무는 쓰여 있지 않다. 왕국을 선택하느냐 아니면 어둠의 나락으로 떨어지는 것을 선택하느냐 하는 것은 전적으로 인간 자신에게 달려 있다. (우연과 필연, 자크 모노)"

자크 모노는 세균의 유전 현상을 연구하여 효소의 합성을 제어하는 유전자의 존재를 확인한 업적으로 1965년 노벨 생리의학상을 수상하였습니다. 유전자라 할지라도 항상 100% 정확하게 그 일을 감당하지는 않습니다. 가끔씩 실수를 하기도 합니다. 그 원인은 여러 가지일 수 있습니다.

그러한 실수가 바로 돌연변이를 만들어 냅니다. 일종의 우연이라 할 수 있을 것입니다. 세균의 돌연변이는 새로운 종을 만들어 냅니다. 그 돌연변이의 생존은 어떤 계획된 것에서 비롯된 것은 아닙니다. 오직 완전한 우연의 결과일 뿐입니다. 하지만 그러한 우연이 더 나은 새로운 종을 만들어 내기도 하지만, 아예 생존하지 못하고 멸종이 될 수도 있습니다. 생존이냐 멸종이냐는 운명이라는 필연에 직면하게 되는 것입니다. 이로 인해 자연의 가장 중요한 원리인 진화가 가능해집니다. 자연이 선택한, 자연에 더 잘 적응하는 적자생존의 원리가 여기에 적용됩니다.

우리의 삶도 마찬가지일 것입니다. 내가 과거에 만났던 사람들도 모두 우연에 의한 것입니다. 나의 부모, 나의 자식, 나의 친구나 연인 모두 우연의 결과입니다. 내가 지금 만나고 있는 사람, 앞으로 내가 만날 사람들 또한 우연일 수밖에 없습니다.

이러한 우연을 아름다운 필연으로 만들 수는 없을까요? 그것은 아마 어느 정도는 나에게 달려 있지 않을까 싶습니다. 내가 누군가에게 선한 마음을 갖고 있다면 이 우주공간에서, 그리고 이 시간의 연속적인 흐름에서, 우연히 만난 그 사람과 아름다운 추억들을 쌓아갈 수 있을 것입니다. 만약 엄청난 확률 속에서 만난 내 주위의 사람에게 내가 악한 마음을 품는다면, 그 엄청난 확률의 우연이 아름답지 못한 필연으로 이어질 수밖에 없고 나뿐만 아닌 그 사람까지도 돌이킬 수 없는 아픔으로 될 수밖에 없을 것입니다.

우연은 나의 힘으로 할 수 있는 것은 아니지만, 필연은 나의 힘으로 어느 정도는 가능하다는 생각이 듭니다. 그러니 운명은 우연이면서도 필연이라는 생각이 듭니다. 지나간 필연이야 어찌할 수 없지만, 앞으로 남은 필연이나마 아름다운 모습으로 이루어졌으면 좋겠다는 생각이 듭니다. 나 스스로 나 자신의 악한 모습을 볼 수 있어야만, 나의 선한 모습이 점점 더 많아질 것 같다는 생각이 듭니다. 그럴수록 더 아름다운 필연의 결실이 맺혀질 수 있을 것 같습니다.

27. 오르페우스는 왜 저승에 간 것일까?

　오르페우스는 어머니인 칼리오페에게 시와 노래를 배웠습니다. 또한 그는 음악의 신 아폴론에게 리라 연주를 배워 뛰어난 음악가가 되었습니다. 오르페우스의 아내는 물의 님프인 에우리디케였습니다. 어느날 에우리디케가 산책을 하던 중 누군가가 따라오는 것을 보고 도망치다가 뱀에 물려 죽고 맙니다.

　오르페우스는 에우리디케가 죽자 오래도록 슬픔에 잠긴 채 그녀를 그리워하다가 결국 에우리디케를 찾아 저승으로 내려갑니다. 그곳에서 오르페우스는 구슬픈 노래와 리라 연주로 저승의 신들마저 감동을 시켰고, 그들로부터 사랑하는 에우리디케를 다시 이승으로 데려가도 된다는 허락을 받아냅니다. 하지만 조건이 하나 붙었는데, 에우리디케가 오르페우스의 뒤를 따라가야 하고, 오르페우스는 절대로 에우리디케를 향해 뒤를 돌아보면 안 된다는 것이었습니다.

　저승에서 이승으로의 어두운 여정이 다 끝나갈 때쯤 지상에서 한 줄기 빛이 비치자 오르페우스는 오랫동안 볼 수 없었던 에우리디케의 얼굴이 보고 싶어졌습니다. 이에 오르페우스는 자신도 모르게 뒤를 돌아다보았고, 이로 인해 에우리디케는 그만 정령이 되어 사라져버리고 말았습니다. 오르페우스가 깜짝 놀라 다시 저승으로 돌아가려 했지만, 저승의 문은 이미 닫혀 버렸고, 더 이상 에우리디케를 구할 길이 없었습니다. 지상으로 돌아온 오르페우스는 커다란 절망 속에 빠져 아무것도 할 수가 없었습니다.

이승에서 혼자가 된 오르페우스는 다른 여인과 가까이하지 않았습니다. 그의 고향인 크리키아의 여인들이 오르페우스와 친해지려 하였지만, 이를 거절하자 여인들로부터 저주를 받아 죽게 되고 맙니다. 오르페우스는 죽어 밤하늘의 거문고자리가 되었습니다.

독일의 음악가 크리스토프 글루크는 오르페우스와 에우리디케의 신화를 바탕으로 오페라 〈오르페우스와 에우리디케〉를 작곡합니다. 이 오페라의 결말은 신화의 내용과는 조금 다릅니다. 사랑의 신 아모르가 지고지순한 오르페우스의 사랑이 헛되지 않게 하기 위해 에우리디케를 살려 줍니다. 그리하여 오르페우스와 에우리디케는 다시 이승에서 해후하여 못다 한 사랑을 하게 됩니다. 아모르는 이렇게 말합니다. "더 이상 사랑의 힘을 의심하지 마라. 나는 이 음습한 곳에서 너희를 데리고 나갈 것이다. 이제부터 사랑의 기쁨을 만끽하라."

오르페우스는 자기 자신보다는 에우리디케를 더 많이 생각했던 것 같습니다. 이승을 마다하고 저승까지 갔고, 그마저 여의지 않자 그저 에우리디케를 그리워하기만 했습니다.

오르페우스는 어떻게 그러한 사랑을 했던 것일까요? 그것은 아마 자신보다 에우리디케를 더 많이 생각해서 그런 것이 아닐까 싶습니다. 하지만 상대보다는 자기 자신을 더 많이 생각하는 것이 일반적일 것입니다. 사랑이 아무리 크다 하더라도 자기 자신이 우선인 것이 우리 대부분의 모습일 것입니다.

오르페우스와 같은 사랑은 결코 쉽지 않을 것입니다. 사랑하는 상대보다 자신을 더 먼저 생각하고, 그 사람의 입장보다 자신의 입장을 고수하며, 그 사람의 형편을 생각하기보다 자신의 처지를 더 염려하고, 그 사람을 기준으로 하기보다 나 자신이 모든 기준이 되는 이상 오르페우스와 같은 사랑은 불가능하지 않을까 싶습니다. 나 중심의 사랑으로는 오르페우스와 에우리디케와 같은 사랑이 이루어지기는 힘들다는 생각이 듭니다.

28. 가을밤의 아다지오

바흐의 아다지오가 생각나는 밤입니다. 후회 없는 삶을 살기 바랐지만, 그렇게 살지 못했기 때문인 것일까요? 최선을 다하고자 했지만, 미련이 너무 많이 남기 때문일까요? 좋은 일만 일어나기를 소망했지만, 나의 바람대로 되지 않았기 때문일까요?

시간이 많이 남았다고 생각했지만, 시간은 점점 줄어들기만 합니다. 하고 싶은 일, 해야 할 일이 너무 많은 것은 단지 나의 욕심 때문인지는 모르나, 가을이 깊어갈수록 한계를 느끼게 되곤 합니다.

수많은 가을을 지나왔지만 깊은 가을의 밤을 올해처럼 느끼는 것은 드물었던 것 같습니다. 그 이유가 무엇 때문인지는 확실하지 않으나 저에게 주어진 삶이 더욱 소중해지는 것은 부인할 수가 없습니다.

유한은 무한의 반대가 아닌 듯합니다. 있음은 없음의 반대도 아니며, 끝이 시작의 반대도 아니라는 생각이 듭니다. 모든 것은 시간이라는 연속선상에서 다만 변해가는 것이 아닌가 싶습니다. 아니, 그렇게 믿고 싶어지는 것이 솔직한 표현일 것입니다.

모든 것을 할 수 없으니 할 수 있는 것만 하려고 합니다. 모든 사람에게 잘할 수 없으니 나에게 가까운 사람에게 잘할까 합니다. 시간이 충분하지 않으니 내가 살아있음을 느낄 수 있는 것부터 해야겠다는 생각이 듭니다.

가을밤이 깊어질수록 살아있음은 기쁨이고 행복이라는 생각이 듭니다. 어떠한 조건이라 할지라도, 어떤 일이 나에게 닥친다고 하더라도, 감당하지 못할 일이 주어질지라도, 나의 바람과 반대되는 일이 생기더라도, 삶을 부정하는 생각은 하지 않으려고 합니다.

억지로 할 수 없어서 해야 하는 일이라 할지라도 기꺼이 그것을 하려고 합니다. 힘들고 어려운 일이라고 하더라도 아무 말 없이 그저 감당하려고 합니다. 나에게 힘들게 하는 사람이라고 하더라도 그를 미워할 시간이 저에겐 낭비라는 생각마저 듭니다. 아마 가을이기에 더욱 그런가 봅니다. 최선을 다했지만 알아주지 않더라도, 나름대로 성의를 다했는데도 알아주지 않더라도, 그것에 대해 따지거나 불평할 시간도 저에겐 아까울 뿐입니다.

바흐의 아다지오를 들으며 삶의 깊이를 생각하게 되었습니다. 삶은 있는 그대로 받아들이는 것이 후회 없는 삶을 살아가는 것이 아닐까 하는 생각이 들었습니다. 최선을 다했으나 이루지 못하더라도, 이제는 미련을 가지지 않을 것입니다. 좋은 일이 일어나지 않더라고 실망하거나 절망에 빠지지 않을 것입니다. 거창한 일이 나에게 생기지 않더라도, 아무 상관이 없습니다.

가을밤이 이제는 더 이상 아쉽지 않도록 마음을 조금씩 더 내려

놓으려 합니다. 욕심은 나에게 이제 그리 의미가 없으니 조금씩
더 버리려 합니다. 아쉽고 후회되는 일이 있더라도 더 이상 생각
하지 않으려 합니다. 어떠한 삶을 살았더라도 후회되지 않는 삶
은 존재하지 않기 때문입니다. 그런 미련을 가질 시간도 이제는
아까울 따름입니다.

　오늘 밤을 이제 접고자 합니다. 나름대로 오늘을 살았으니 내
일을 기대하며 바흐를 한 번 더 듣는 것으로 마무리하겠습니다.
내일의 태양이 어둠 저 너머에서 솟아오르기를 지금도 기다리고
있을 것입니다. 내일은 새벽에 일어나 달리기하는 것으로 힘차
게 하루를 시작하겠습니다.

29. 별것 아닙니다

그동안 많은 사람을 만나며 기쁨과 행복도 있었지만, 아픔과 상처가 많았던 것도 사실입니다. 나름대로 최선을 다했지만 믿었던 사람에게 배신을 당하기도 하고 가슴 시린 일도 많이 경험했습니다. 그로 인해 받은 커다란 상처는 너무 깊어서 치유되지 않을 것 같았습니다. 상처가 치유될 만하면 다시 그런 일이 생겼습니다. 그로 인해 또 다른 마음의 아픔을 겪었고 간신히 그 일을 넘겼습니다. 그로 인한 상처가 아물만하면 또 다른 사람이 힘들게 하였습니다. 그렇게 아픔을 잊을만하면 다른 상처가 생기고 하는 일들이 반복되었습니다.

그로 인해 인간의 본질에 대해 가슴 깊이 느낀 것은 사실이나 다시는 그러한 일을 경험하고 싶지 않다는 것이 솔직한 고백일 것입니다. 커다란 아픔이 지나가기를 거듭하니 나중에는 아예 인간에 대한 기대를 버렸습니다. 최선을 다해도 돌아오는 것은 상처밖에 없다는 것을 너무나 절실히 알게 되었습니다. 인간이란 존재 자체에 대한 회의가 마음을 짓눌렀습니다. 미움은 분노로 변했고, 분노는 증오로 되어 인간 그 자체에 대한 환멸까지 느꼈습니다.

사람에 대한 상처도 면역이 생기나 봅니다. 언젠가부터 사람들에게서 받는 아픔을 느끼지 못하기 시작했습니다. 그가 어떤 일을 나에게 해도 더 이상 상처가 되지 않았습니다. 단순히 시간이 흘러 그렇게 된 것 같지는 않습니다. 어떤 이가 나를 힘들게 해도 그를 미워하는 마음이 생기지 않게 되었습니다. 물론 순간적으로 그에 대한 나쁜 마음이 생기는 것은 사실이나 정말 짧은 시간 안에 다 사라져버리는 것을 보고 나 스스로도 놀랐습니다. 그리고 차라리 용서를 하자는 마음으로 제 마음을 내려놓았습니다. 그렇게 하고 나니 사람으로 받는 아픔이나 상처도 별것 아니라는 것을 알게 되었습니다.

가진 것 하나 없이 결혼을 했습니다. 자가 주택은커녕 전세조차 꿈을 꿀 수 없었습니다. 방 하나짜리 월세방에서 시작했습니다. 결혼하고 5년이 지나니 2년 터울로 아이들 세 명이 생겼습니다. 밤에 아내와 세 아이가 나란히 누워 자는 모습을 볼 때마다 가슴이 무거웠습니다. 어떻게 이 식구들을 먹여 살려야 할지 앞이 막막했습니다.

고만고만한 이이 셋을 밥 먹이다 보면 내가 밥을 먹었는지, 안 먹었는지 헷갈릴 때도 많았습니다. 아이들 입에 밥을 떠넣다 보면 아이 밥을 내가 먹고 있기도 하고, 내 밥을 아이 입에 넣어주기도 했습니다. 아이들 때문에 정신이 없어서 내가 밥을 입으로 먹는 건지 코로 먹는 건지도 알 수가 없었습니다.

첫째와 둘째가 남자아이고 막내가 딸아이였습니다. 딸아이가 오빠들 틈에서 조금은 외로워하는 것 같아서 아내에게 막내를 위해 딸 하나 더 낳는 것은 어떻겠냐고 물었다가 아내가 나를 인간도 아니라는 듯이 쳐다보는 눈빛 때문에 두 번 다시 이야기를 꺼내지도 못했습니다.

아이들은 쑥쑥 커나가기 시작했습니다. 아이 셋이 먹는 양도 어마어마해지기 시작했습니다. 귤을 한 박스 사면 이틀도 가지 않았습니다. 치킨이건, 피자건, 과자건 아무리 사다가 줘도 언제 사 왔냐는 듯 금세 다 사라져버리고 말았습니다. 퇴근하면서 먹을 것을 사다 아이들에게 주면 세 녀석이 전쟁을 하듯 먹어 치워버렸습니다.

그렇게 정신없이 모든 것을 아이들에게 쏟아부었습니다. 이제는 세 아이 모두 성장해서 더 이상 제가 신경 쓸 일도 없어졌습니다. 아이 셋을 키우느라 정신없이 살았지만 아이 셋 키우는 것도 별것 아니었습니다. 지금 같아서는 넷은 물론 다섯 명도 키울 수 있을 것 같습니다.

결혼하기 전 LA에서 뉴욕주까지 혼자 길을 떠났습니다. 자동차에 짐을 실으니 트렁크는 말할 것도 없고 뒷좌석까지 가득 차 차의 바퀴가 내려앉아 끝까지 갈 수 있을지 걱정이 되었습니다. 한 번도 가본 적 없는 5,000km 길을 앞만 보고 달렸습니다. 25년 전이었기에 당시엔 내비게이션은커녕 핸드폰도 없었습니다. 미국엔 아는 사람 하나 없어서 중간에 무슨 일이 생겨도 연락할 곳이 없었습니다. 운전을 하던 중 그 넓은 미국 대륙 한복판에서 제가 만약 강도를 만나거나 저에게 다른 무슨 일이 생겨 사라져 버린다면 저를 찾지도 못할 것이라는 생각이 들었습니다.

커다란 미국 지도 하나를 옆 좌석에 놓고 캘리포니아, 네바다, 애리조나, 콜로라도, 네브래스카, 아이오와, 일리노이, 인디애나, 오하이오, 펜실베이니아주를 거쳐 뉴욕주까지 일주일 정도 걸려 도착했습니다. 출발할 때는 언제 도착할지 걱정과 근심으로 마음을 졸였으나, 도착해 보고 나니 괜한 염려를 했다는 생각이 들었습니다. 그 이후로 미국 대륙 동서 횡단 5,000km를 7~8번 정도 했습니다. 남북은 3,000km 정도 되는 데 그것은 3~4번 정도 했습니다. 미국 대륙 횡단도 해 보고 나니 별것 아니었습니다.

스위스에서 직장 생활을 할 때 누나네 식구 4명이 저를 방문했습니다. 저희 식구 5명과 누나네 4명, 합해서 9명을 데리고 스위스, 프랑스, 네덜란드, 벨기에, 룩셈부르크, 독일, 오스트리아, 이탈리아까지 2주일 정도를 다녔습니다. 저도 유럽에서는 스위스를 제외하고는 가본 나라가 없었습니다. 당시엔 인터넷도 그리 발달하지 않아 각 나라별로 묵어야 할 호텔도 전화로 예약을 했습니다. 어떤 전자기기도 없이 지도 하나만 달랑 믿고 길을 떠났습니다. 모든 사람들이 저만 의지하고 있다는 생각이 엄청난 압박감으로 작용했습니다. 경험도 없이 많은 식구를 데리고 여러 나라를 다니면서 많은 일들이 있었습니다. 새벽부터 밤늦게까지 긴장을 놓을 사이도 없이 9명을 책임져야 한다는 것으로 인해 마음고생이 심했던 것도 사실입니다. 당시엔 아이들도 어렸기에 일

일이 다 챙겨주어야 했습니다. 하지만 그것도 지나고 나니 별것 아니었습니다.

교통사고로 인해 죽음이란 것이 어떤 것인지 직접 체험할 수 있었습니다. 사고가 나는 순간 '사람이 이렇게 죽는 것이구나' 하는 생각이 들었습니다. 어렴풋이 앰뷸런스 소리가 들렸고, 전기톱으로 제 자동차 문을 자른다는 것을 느낄 수 있었습니다. 앰뷸런스 안에서 제 몸에 바늘이 꽂히기 시작했습니다. 누군가 무언가를 물어보는 데 대답을 하지 못했던 것 같습니다. 그리고는 정신을 잃었습니다. 몇 시간이 지났는지 모른 채 깨어나 보니 눈앞에 하얀 형광등이 있는 것을 보고 저승이 아니라는 생각이 들었습니다. 운이 나빴다면 30년도 살지 못한 채 이 세상을 떠났을 것입니다. 흔히 사람들은 이런 경험을 임사체험(Near Death Experience)이라고 했습니다. 삶과 죽음의 경계에 서 보니 산다는 것과 죽는다는 것 그 자체도 별것이 아니었습니다.

예전엔 삶이 엄청난 것이라 생각했었습니다. 거창한 인생의 목표를 세우기도 했고, 그것을 위해 몸부림친 것도 사실입니다. 하지만 이제는 많은 것에서 마음을 내려놓게 됩니다. 그로 인해 삶에 대해 자유를 느끼는 것 같습니다. 사람에 대해서도, 일에 대해서도, 꿈에 대해서도, 내가 지향하는 것에 대해서도 이제는 욕심을 부리고 싶지 않습니다. 그저 오늘이 저에게 주어진 것만으로도 충분한 것 같습니다. 모든 것은 사실 별것 아니라는 것을 이제는 잘 압니다.

30. 익숙한 것을 버린다는 것

동쪽에서 오는 바람을 맞고 있었습니다. 동쪽에 있는 햇살을 마주하며 그 바람에 익숙해져 갔습니다. 얼굴을 스쳐 가는 그 바람이 왠지 기분을 좋게 해주었습니다. 그러다 갑자기 서쪽에서 바람이 불었습니다. 반대 방향에서 불어오는 바람이 갑자기 당혹스럽게 느껴졌습니다. 햇살을 받던 동쪽을 향해 있던 제 방향을 반대로 돌리기가 아쉬웠습니다. 그냥 그대로 동쪽을 향하고 있으면 좋겠다는 생각이 들었습니다.

오래도록 살아오던 익숙한 것을 버린다는 것을 그리 쉬운 일이 아닐 것입니다. 새로운 것을 받아들인다는 것은 또 다른 애를 써야 하는 것이기에 더욱 힘이 드는 것이 사실일 것입니다.

펄 벅의 소설 〈동풍 서풍〉에서는 주인공 궤이란이 중국 여성으로서 오래도록 익숙했던 전족(纏足)을 버립니다. 전족은 그녀에게 자신의 신념처럼 소중한 것이었습니다. 궤이란은 왜 전족을 버린 것일까요?

"신기하게도 내 외적인 아름다움은 남편의 마음을 돌릴 수 없었건만, 내 고통은 그의 마음을 움직였어요. 그는 나를 어린아이 달래듯 위로하려고 했어요. 나는 고통에 못 이겨 그가 누구인지, 그의 직업이 뭔지도 잊어버린 채 종종 그에게 매달렸어요.

'궤이란, 우리는 이 고통을 함께 견뎌 낼 것이오.'

남편은 이렇게 말했주었어요.

'그토록 고통스러워하는 모습을 차마 보기 힘들었지만, 이건 단지 우리 둘뿐만이 아니라 다른 사람들을 위한 것이기도 하다는 걸 생각해 보오. 사악한 구습에 대항한다고 말이오.'

'싫어요.'

나는 흐느끼며 말했어요.

'나는 당신을 위해 참는 거예요. 당신을 위해 신식 여성이 될 거예요.'

남편은 웃음을 터뜨렸어요. 그러자 그 얼굴도 류 부인에게 이야기를 건넬 때처럼 약간 밝아졌어요. 그것이야말로 바로 내 고통에 대한 보상이었어요. 또 이후로는 이만큼 어려운 일도 없을 것 같았죠."

  궤이란의 남편은 서양의학을 공부한 사람이었습니다. 그녀는 그녀의 남편이 자신이 신여성으로 살아가기를 원한다는 것을 알고 있었습니다. 하지만 그녀가 어릴 때부터 해왔던 전족을 버린다는 것은 결코 쉽지 않았을 것입니다. 예전 중국에선 전족이 여성의 가장 아름다운 부분이라고 생각해 왔었기 때문입니다. 중국의 여성들은 자신의 아름다움을 보여줄 수 있는 전족을 위해 그 아픈 고통을 참아왔습니다. 궤이란은 철저하게 동풍에 익숙했던 여성이었습니다. 아무리 남편이 원한다고 하더라도 갑자기 서풍을 맞으라고 한다면 그것은 쉬운 선택이 아닐 것입니다.

이것은 자신의 모든 것을 바꾼다는 것과 같다는 것을 의미합니다. 궤이란은 과감하게 동풍을 버리고 서풍을 택합니다. 그 이유는 그녀가 남편을 그만큼 사랑했기 때문일 것입니다. 사랑하는 사람을 위해 자신을 완전히 바꾸는 사람을 극히 드뭅니다. 아무리 사랑하는 사람이 요구하는 것이 있다고 하더라도 자신을 버리는 사람은 그리 많지 않습니다. 궤이란은 그녀의 남편을 진심으로 사랑했기에 자신이 그토록 익숙해 왔던 전족을 버린 것입니다.

하지만 여기서 하나 아쉬움이 있는 것도 사실입니다. 궤이란의 남편은 궤이란을 얼마나 사랑했던 것일까요? 물론 일반적인 입장에서 보면 전족이란 것은 극히 비합리적이고 비상식적인 것이 사실일 것입니다. 아내를 위해 전족을 버리라고 한 그녀의 남편의 생각에도 일리는 있을 것입니다. 객관적으로 본다면 전족은 여성의 인권을 무시한 고쳐져야 할 악습인 것은 분명합니다.

하지만 그녀의 남편이 궤이란을 진정으로 사랑했다면 궤이란에게 있어 전족이 의미하는 바를 잘 알 수 있었을 것입니다. 궤이란에게 전족을 버리라고 이야기하기 전에 그냥 궤이란의 선택에 맡겨 두었으면 어떠했을까 생각해 봅니다.

나에게 소중한 사람이 내가 원하는 대로 하지 않는다고 해서 그것이 문제가 되는 것은 아닐 것입니다. 하지만 우리는 일반적으로 내가 사랑하는 사람이 나의 뜻대로 되기를 원하는 경우가 대부분입니다. 그로 인해 어쩌면 진정으로 사랑하는 사람을 잃게 될 수도 있을 것입니다. 그의 존재를 인정한다는 것은 그 사람을 나의 뜻대로 살아가기를 원하기보다는 그냥 그대로 내버려 두는 것이 아닐까 싶습니다. 사랑에 빠진다는 것이 결코 그 사람의 노예가 되는 것은 아닐 것입니다. 언젠가 잃어버렸던 자유를 찾아 나설 수밖에 없기 때문입니다.

 궤이란의 남편은 서풍에 너무 익숙해서 동풍의 존재마저 잊고 있었던 것은 아닐까요? 이것이 바로 불행의 시작이 될 수도 있을 것입니다. 동풍에 익숙했던 사람은 서풍으로 바꾸었지만, 서풍에 익숙했던 사람은 동풍으로 바꾸지 않았기에 후에 바람의 충돌로 폭풍이 일어날 수도 있을 것이기 때문입니다.   동풍이 서풍으로 바뀌면 서풍도 동풍으로 바뀌어야 하는 것이 순리라는 생각이 듭니다. 사랑이라는 것은 굳이 익숙한 것을 사랑하는 사람을 위해 버리는 것만은 아닌 것 같습니다. 나 자신을 지키고 상대를 인정해 주는 것, 그것이 익숙함을 버리는 사랑보다 더 나은 것이 아닐까 싶습니다.

31. 과거에 얽매여

살아가다 보면 누구나 후회되는 일이 있기 마련일 것입니다. 알베르 까뮈의 소설 〈전락〉에서 주인공 클라망스는 다음과 같이 고백합니다.

"나는 난간 위로 몸을 숙이고 강물을 내려다보고 있는 듯한 한 형체 뒤를 지나갔습니다. 거무스름한 머리카락과 외투 깃 사이로 비에 젖은 싱그러운 목덜미가 눈에 확 띄었지요. 이것이 내 감각을 자극했습니다만 약간 망설이다가 가던 길을 계속 갔습니다. 그리고 다리 끝에서 당시 살고 있던 생미셸 방향 강변길로 접어들었습니다. 약 50미터쯤 갔을 때, 그 소리가 들렸습니다. 사람이 강물로 뛰어드는 소리였지요. 꽤 먼 거리였지만 밤의 정적탓에 그 소리가 내 귀엔 엄청나게 크게 들렸습니다. 우뚝 걸음을 멈췄지요. 하지만 돌아보지는 않았습니다. 거의 곧바로 외마디 비명이 들렸고 몇 번 더 이어졌지요. 이 소리 역시 강으로 내려갔고 뚝 끊겨 버렸습니다. 갑자기 굳어 버린 어둠 속에 침묵이 흘렀고, 이 침묵은 끝없이 지속될 것만 같았습니다. 달려가고 싶었지만, 몸뚱이가 꼼작하질 않는 겁니다. 추위와 충격으로 바들바들 떨고 있었던 것 같아요. 속으로는 빨리 가봐야 한다고 되뇌었지만 저

항할 수 없는 무력감이 온몸으로 퍼지는 듯했습니다. 그때 무슨 생각을 했는지 기억나지 않지만, 아마 '너무 늦었어, 이미 늦은 거야.'라거나 아니면 그 비슷한 말이었을 겁니다."

클라망스는 자신이 여인을 구하지 못한 것을 속죄하며 직업도 포기하고 암스테르담의 한 바에서 매일 술을 마시며 다른 사람에 자신의 과거 잘못을 이야기하며 여생을 보냅니다. 그 여인은 클라망스와는 아무런 관련도 없는 여인이었고, 클라망스는 그 여인을 구하지 못한 것에 집착하여 자신의 삶마저 포기하는 사태로 이어집니다. 물론 클라망스가 용기를 내어 그 여인을 구했다면 좋았을 것입니다. 하지만 그 일은 이미 지나가 버렸고, 그 여인은 살아서 결코 돌아오지 않습니다.

우리는 왜 지나간 일에 집착을 하는 것일까요? 그 일에 집착을 한다고 해서 시간이 다시 거꾸로 흘러 과거의 그 일을 돌이킬 수도 없습니다. 후회를 한다고 해서 그 일이 다시 우리 자신이 원하는 대로 되지도 않습니다. 내가 잘못한 일을 반성을 한다고 해도 그 일이 번복되지는 않습니다. 사소한 실수로 인해 중대한 일을 그르쳤다고 해서 그 일이 다시 잘 되지도 않습니다.

과거에 대한 일에 집착을 하는 것은 욕심일 뿐입니다. 미래에 대한 욕심은 이루어질 수 있을 가능성이라도 있지만, 과거에 대한 욕심은 결코 이루어질 수가 없을 것입니다. 아무런 의미도 없는 것에 집착하는 이상 우리에게 주어진 현재와 미래마저 잃는 것이 아닐까 합니다.

살아가다 보면 후회 없는 삶을 살아가는 사람은 단 한 명도 없을 것입니다. 후회하는 것보다는 앞으로 후회를 하지 않기 위해 현재를 사는 것이 중요하지 않을까 싶습니다. 오늘을 후회하다 미래에 또 다른 후회를 할 가능성이 있기 때문입니다.

지나간 것은 과감하게 버리고 미련이나 집착도 하지 말고, 더 나은 내일을 위해 오늘을 살아가는 것이 과거의 잘못을 번복하지 않는 길이 아닐까 합니다.

32. 생사를 넘어서

모든 것은 나고 사라지기 마련입니다. 이 세상에 온 것은 그 어떤 존재이건 언젠가는 떠나가기 마련입니다. 하루만 살다 가는 하루살이도 있고, 수십 년을 살아가는 동물도 있습니다. 수백 년을 살아가는 나무 같은 존재도 언젠간 가지가 부러지고 뿌리도 다해 이 세상과 작별을 해야 합니다.

생명체뿐만 아니라 무생물도 마찬가지입니다. 단단한 쇳덩어리도 비에 젖어 부식되어 녹이 슬고 그 붉은 녹은 점점 많아져 산산이 부서져 버립니다. 단단한 돌멩이도 마찬가지입니다. 물에 쓸리고 바람에 의해 점점 작아지다가 그 흔적조차 사라져 버리고 맙니다.

밤하늘에 빛나는 별들도 언젠가는 그 생명을 다합니다. 우주 공간에 수천억 개의 별들이 존재하지만, 영원히 그 자리에서 빛나는 별은 단 하나도 없습니다. 비록 그 수명이 상당히 길긴 하지만 별이란 존재도 예외 없이 언젠가는 우주 공간에서 삶을 마감하고 사라지게 됩니다.

우리가 살고 있는 이 세상 이후에 어떤 것이 있는지는 모르나, 만약 있다고 하더라도 그 세상에서의 나는 지금과 같은 나의 모습은 아닐 것입니다. 모든 존재는 없음에서 와서 없음으로 갈 수밖에 없습니다. 나는 잠시 이 세상에 존재할 뿐 영원히 이곳에 머무를 수가 없을 것입니다. 내가 사랑하는 모든 것 또한 마찬가지일 것입니다. 그러기에 오늘 후회 없이 사랑해야 하는 것이 아닐까 싶습니다. 나에게나 혹 내가 사랑하는 사람에게 내일이 존재하지 않을지도 모르기 때문입니다.

죽음에 대해 과연 질문을 해야 할 필요가 있을까요? 저는 더 이상 죽음에 대해 관심을 갖거나 알려고 하지 않을 생각입니다. 그냥 받아들이는 것으로 충분하다는 생각이 들기 때문입니다. 그것을 안다고 해서 죽음이 나를 피해 가지는 않을 것이라는 생각이 듭니다.

인류는 역사적으로 죽음에 대해 많은 이론을 만들어 냈습니다. 철학이나 종교에서 많은 사람들이 죽음에 대해 논의했지만, 그 사람들도 예외 없이 모두 이 세상을 떠났습니다. 인간의 이성으로는 죽음에 대해 알 수 있을 것 같지는 않습니다. 죽음을 경험하는 순간 그는 이미 이 세상 사람도 아니기에 영원히 우리는 죽음을 알 수가 없을 것입니다.

단지 나에게 필요한 것은 죽음이란 예외가 없기에 그것을 인식함으로 삶을 겸손하게 사는 것으로 충분하다는 생각이 듭니다. 죽음을 많이 안다고 해서 내가 죽음으로부터 멀어지거나 나의 사랑하는 사람이 죽음에서 면해지지는 않을 것입니다. 그냥 그들을 더 많이 사랑하는 것이 내가 할 수 있는 전부가 아닐까 합니다.

"젊은이도, 늙은이도, 어리석은 사람도, 지혜로운 사람도 모두 죽음에 굴복하고 만다. 모든 사람은 반드시 죽음에 이르게 된다. (숫타니파타)"

"범사에 기한이 있고 천하만사가 다 때가 있나니 날 때가 있고 죽을 때가 있으며 심을 때가 있고 심은 것을 뽑을 때가 있으며 울 때가 있고 웃을 때가 있으며 슬퍼할 때가 있고 춤출 때가 있으며 …… 사랑할 때가 있고 미워할 때가 있으며 전쟁할 때가 있고 평화로울 때가 있느니라. 일하는 자가 그의 수고로 말미암아 무슨 이익이 있으랴 (전도서 3:1~9)"

이 세상에 존재함으로써 누군가를 만나고 그를 사랑한 것으로 삶은 충분한 가치가 있는 것이 아닐까 싶습니다. 그 어떤 것도 영원히 존재하지 않기에, 무언가를 영원히 갈구하는 것은 헛된 욕심이라는 생각이 듭니다. 충분히 사랑했다면 아쉬움이 그리 크지는 않을 것입니다. 할 수 있는 것을 다했다면 그것으로 족함을 아는 것 또한 지혜라는 생각이 듭니다. 충분히 사랑하지 못했고, 할 수 있는 것을 다하지 못했다면, 오늘 그것을 하면 될 것입니다. 내일을 생각하지 말고 오늘 할 수 있는 것을 하는 것이 가장 현명하다는 생각이 듭니다.

우리의 삶 속에는 죽음이 함께 있는 것이 아닐까 싶습니다. 죽음이란 멀리 있는 것이 아니며 삶과 함께 존재하는 것 같습니다. 그러한 죽음을 누구나 경험할 수밖에 없기에 이를 부정하는 것은 부질없는 것 같습니다. 받아들일 수밖에 없으니 마음을 열고 있는 그대로 받아들여야 함이 운명이라는 생각이 듭니다.

"生死路隱 此矣 有阿米 次肹伊遣

吾隱去內如辭叱都 毛如云遣去內尼叱古

於內秋察早隱風未 此矣彼矣浮良落尸葉如

一等隱枝良出古 去如隱處毛冬乎丁

阿也 彌陀刹良逢乎吾 道修良待是古如

죽고 사는 길 예 있으매 저히고

나는 간다 말도 못 다하고 가는가

어느 가을 이른 바람에 이에 저에

떨어질 잎다이 한 가지에 나고 가는 곳 모르누나

아으 미타찰(彌陀刹)에서 만날 내 도 닦아 기다리리다.

(제망매가, 월명사)"

　사랑하는 누이가 죽었을 때 월명사는 가슴이 찢어지도록 아팠을 것입니다. 하지만 그는 이를 받아들일 수밖에 없음을 알았던 것 같습니다.

　생사를 넘어선다는 것은 모든 것을 받아들이는 것이 아닐까 싶습니다. 사랑도, 미움도, 삶도, 죽음도, 만남도, 헤어짐도, 그 모든 것은 나에게서 와서 나에게서 가고, 나 또한 모든 것에게 와서 모든 것에서 가는 것이 아닐까 싶습니다. 생사를 넘어서는 자유가 어쩌면 짧지만 이생에서 미련 없이 살아가는 진정한 대자유인

이 될 수 있는 길이 아닐까 싶습니다. 모든 것을 담담히 받아들일
수 있는 마음, 그것이 나의 최선이라는 생각이 듭니다.

33. 자신이 옳다는 어리석음

윌리엄 셰익스피어의 〈리어왕〉은 우리가 옳다고 생각하는 판단이 얼마나 어리석을 수 있을지를 잘 보여줍니다. 또한 그러한 어리석음으로 인해 촉발된 배신감을 겪고 결국은 모두 파멸에 이르게 되는 슬픈 이야기입니다.

"리어왕 : 오, 아주 조그만 허물이었는데, 코델리아의 허물이 어째서 이토록 추악하게만 보였을까? 그 허물은 고문하는 도구같이 내가 지닌 정을 있어야 할 곳에서 뽑아내어 내 마음으로부터 모든 애정을 없애고, 증오심만 늘게 했구나. 오 리어, 리어, 리어! 이 문을 때릴 수밖에. 못난 생각만 끌어들이고, 귀중한 분별은 쫓아버렸으니! 자, 부하들아, 가자."

거짓된 말로 리어왕에게 사랑을 표현한 첫째 딸 고네릴과 둘째 딸 리건, 자신의 진심을 솔직하게 표현한 셋째 딸 코델리아. 리어왕은 첫째와 둘째 딸의 아첨이 옳고 진실된 셋째 딸의 말이 틀리다고 생각합니다. 하지만 자신이 항상 옳다고 생각하는 어리석음이 있었습니다.

나중에 되어서야 코델리아의 진심을 알게 된 리어왕, 스스로를 항상 옳다고 생각하고 판단하는 것의 어리석음이 삶의 불행을 자초하는 것은 리어왕에게만 한정된 것이 아니라 우리들도 항상 그러한 어리석음을 저지르고 있는지도 모릅니다.

"리건 : 그렇겐 안 됩니다. 저는 아버지가 오시리라고는 생각조차 하지 않았고, 그래서 맞아들일 준비가 돼 있지 않아요. 언니 말을 들으세요. 그렇게 감정과 이성 뒤섞인 모습을 뵙고 있자니, 아무래도 나이 드신 탓이라고 생각됩니다. 언니는 자기가 하는 일을 잘 알고 있을 겁니다."

고넬리와 리건은 리어왕으로부터 모든 것을 다 물려받은 후 자신들의 속셈을 들어내기 시작합니다. 부왕으로부터 전부를 물려받았으니 이제 아쉬울 것은 없고 모든 것을 상속해 준 부왕을 결국은 몰아내게 됩니다. 리어왕은 엄청난 배신감에 사로잡혀 삶의 허망함을 느낍니다.

세상은 배신으로 가득합니다. 가족 간에도 친구 간에도 이러한 배신이 판을 치는 것은 각자의 이익과 욕심에 의해 삶을 살아가기 때문입니다. 당장은 자신에게 이익이 되는지는 모르지만 삶은 돌고 도는 것입니다. 한순간은 편할지 모르나 언젠가 그도 고통받기 마련입니다.

"리어왕 : 울부짖어라, 울부짖어라, 울부짖어라! 너희들은 돌덩이 같은 인간들이냐! 내가 너희들 같은 혀와 눈을 가졌다면, 이것들을 사용하여 하늘이 무너지도록 저주를 해줄 텐데! 이 애는 죽어버렸다. 사람이 죽었는지 살아 있는지는 나도 안다. 이 애는 죽어서 흙처럼 돼버렸다. 거울을 빌려줘. 거울이 입김으로 흐려지

든지 희미해지면, 아직 살아 있는 거야."

리어왕은 어리석었습니다. 사물을 정확히 볼 수 없었고 자신이 항상 옳다고 생각했습니다. 스스로를 옳다고 생각하는 것이 바로 어리석음의 시작입니다. 그로 인해 그는 모든 것을 잃었습니다. 세 명의 딸도 차례대로 죽어갔습니다. 그리고 결국 자신도 죽고 맙니다.

자신이 항상 옳다고 생각하는 것은 커다란 어리석음 중의 하나입니다. 사람이 무엇인지, 삶이 무엇인지, 자신은 누구인지 돌아보는 자만이 이러한 길을 걷지 않을 것입니다. 한번 밖에 주어지지 않는 인생의 길에서 우리는 그렇게 어리석은 선택을 하며 그로 인해 세상을 잃는 듯한 배신감을 느끼며 파멸을 향해 그 길을 가고 있는지도 모릅니다.

34. 우리 삶은 결함의 함수일 수도

　모든 사람은 약점이 있기 마련입니다. 약점은 사실 알고 보면 별것이 아닐 수도 있지만, 삶은 그 약점으로 인해 달라질 수가 있습니다. 운명은 그 어떤 것으로도 변할 수 있기 때문입니다. 그것이 어쩌면 우리 인생의 슬픈 이면일지도 모릅니다.

　오델로와 데스데모나는 완벽한 사랑이 가능하다고 생각했습니다. 서로를 너무나 아끼기에 사회의 관습을 넘어설 만큼의 사랑이었기 때문입니다.

　오델로는 무어인이었습니다. 그것을 자신의 약점이라고 생각하지도 않았고 열등감도 없었습니다. 하지만 삶은 그 여정에서 전혀 예측하지 못한 사건이 일어나기 마련입니다. 약점이 아니라고 생각했던 것이 결국은 약점이 되어 버리고 말았던 것입니다. 자신은 그러한 열등감이 없을 것이라 생각했지만 무의식중에 자신도 모르는 내면의 깊은 곳에 그러한 것이 숨어 있었습니다. 평상시에는 아무런 문제가 되지 않았지만 조그만 사건으로 인해 숨어 있었던 삶의 올가미에 걸리고 말았던 것입니다.

　"오델로 : 데스데모나가 도저히 길들일 수 없는 매라는 것을 확실히 알게 되면, 만일 마음속에 꼭 잡아매 놓고 싶더라도 나는 휘

파람을 불며 깨끗이 놓아줘야지. 돌아오지 않도록 바람 부는 쪽으로 날려 보내고 제멋대로 먹이를 찾게 해야지. 혹시 내가 피부색이 검고 한량들같이 고상한 사교술이 없다고 해서, 또는 내 나이가 이미 한창때를 지났다고 해서, 그녀가 날 버릴는지도 모르지. 결국 모욕을 당한다면, 나를 구하는 길은 그녀를 미워하는 거야. 아, 결혼이란 원망스럽구나. 상냥한 여자를 입으로는 제 것이라고 하면서 그 여자의 욕망은 갖지 못하거든! 사랑하는 사람을 남의 자유에 맡겨 놓고, 자기는 한 모퉁이나 차지할 바에야 차라리 두꺼비가 돼서 땅속 구멍에서 습기나 마시고 사는 것이 낫지."

예상치 못한 일로 의한 오델로의 의심은 삶을 삼켜버릴 수 있을 만큼 증폭되었습니다. 그로 인해 오델로와 데스데모나의 온전했던 사랑은 결국 파멸로 이르게 된 것입니다.

"오델로 : 하지만 죽여야 한다. 그렇지 않으면 또 남자를 속일 거다. 먼저 이 불을 끄고, 그러고 나서 목숨이 불도 꺼야지. 하지만 타오르는 촛불아, 나는 너를 한번 꺼도 뉘우치면 다시 켤 수도 있지. 그렇지만 정묘한 자연이 만든 아름다운 네 육체 속에 타고 있는 불은 한번 꺼버리면 결코 다시는 켤 수 없지. 프로메테우스의 불을 찾아 어디를 헤매야 되나. 한번 꺾이면 장미는 이제 영영 살아날 길이 없어. 시들어 버릴 수밖에 없지. 아직 가지에 있을 때 향기를 맡아 보자. 누가 운명을 움직일 수 있단 말인가? 이젠 글렀소. 칼을 가지고 있어도 무서워 마시오. 이제 내 인생길은 끝났소."

　우리는 살아가면서 우리의 약점을 최소한 해야 합니다. 그렇지 못하면 비록 사소한 약점이라 할지라도 그것은 커다란 변수로 돌변하여 우리의 삶이 완벽히 다른 결과를 만들어 내는 함수가 될 수 있기 때문입니다.

　우리의 약점을 스스로 컨트롤하지 못하는 한 우리는 그것에 예속되기 쉽습니다. 그로 인해 우리의 인생은 전혀 예상하지 않았던 방향으로 흘러갈 수 있습니다. 삶은 그만큼 우리의 능력 밖에 존재할 수 있기 때문입니다. 그것은 슬프지만 인정할 수밖에 없는 현실입니다.

35. 야망의 끝은 어디인가?

야망이 없는 사람은 없습니다. 하지만 그 정도에서 삶의 차이가 납니다. 삶이 야망의 노예가 되는 순간 인간은 어떻게 변할지 아무도 알 수가 없습니다.

셰익스피어의 맥베스는 우리가 야망에 사로 잡혔을 때 어떻게 변할 수 있고, 그로 인해 그의 인생이 어느 정도까지 파멸에 이를 수 있는지를 보여주는 비극적인 이야기입니다.

"맥베스 : 두 가지는 맞았다. 왕위를 건 웅장한 무대의 멋진 서막이랄까. 이 이상한 유혹은 불길한 징조도 좋은 조짐도 아니다. 만일 그것이 불길한 징조라면 먼저 진실을 보여 미래의 성공을 보증할 리가 없지 않은가? 나는 코더 영주가 되었다. 그러나 그것이 좋은 조짐이라면, 왜 내가 그런 유혹에 빠지는 걸까? 그 무서운 환상에 머리칼이 곤두서고, 안정된 내 심장이 갈빗대를 두드리며, 평소의 내 마음이 아니잖는가? 마음속 공포에 비한다면 눈앞의 불안쯤은 문제도 아니다. 아직은 공상에 불과한데도 살인이란 생각은 내 약한 인간성을 왜 이리 뒤흔드는지, 몸과 마음의 기능은 망상 때문에 마비되고, 환상만이 눈앞에 보이는구나."

맥베스는 코더 영주로 만족해야 했습니다. 자신이 있어야 할 자라는 거기까지였습니다. 하지만 내면에서 끓어오르는 야심을 억누를 수 없었습니다. 한 단계만 더 올라가면 왕이 될 수 있었기 때문이었습니다. 인간의 야망은 무섭습니다. 인간이 사람의 탈을 쓴 어떠한 존재로도 변해 버리게 만들 수 있기 때문입니다.

"맥베스 : 왕이 되는 것은 아무 의미가 없다. 나의 안전이 보장되지 않는다면 말이다. 두려운 것은 뱅코우다. 그의 왕자다운 성격이 나를 불안하게 한다. 그는 몹시 대담하다. 그리고 그 대담한 마음에 자기 용기를 안전하게 행동에 옮기는 지혜를 가지고 있다. 내가 두려워하는 것은 뱅코우뿐이다. 그의 곁에서는 내 수호신이 맥을 못 추는 것 같다. 안토니우스의 수호신이 카이사르 앞에서 그랬다는데, 그것과 꼭 같다. 마녀들이 처음 나를 왕이라 불렀을 때, 그는 그들을 꾸짖고 자기에게도 말을 하라고 명령했다. 그러자 그들은 예언자인 양 그를 역대 제왕의 아버지라 이름 붙였다. 나의 머리에는 열매 없는 왕관을 씌워주고 손에는 불모의 홀을 쥐어주었으니, 이것들은 결국 나의 아들이 아닌 남의 자손에 빼앗기게 마련이다. 그렇다면 나는 뱅코우의 자손들을 위하여 인자한 던컨 왕을 죽인 셈이 아닌가!"

살인으로 왕위를 차지한 맥베스는 자신도 그러한 운명에 처하게 될지도 모른다는 생각을 합니다. 그로 인해 그는 더욱 끔찍한 짓을 저지르게 되고 마침내 정신이 이상해진 채로 폭군이 되고 말았던 것입니다.

인간은 변하기 마련입니다. 그의 내면에 무엇이 있는지가 그 변화의 방향을 결정합니다. 젊은 시절 맥베스는 훌륭한 사람이었습니다. 하지만 그의 내면속에 야망과 탐욕이 자리잡으면서는 그는 폭군으로 정신병자로 치닫게 되었습니다. 그는 힘들게 얻었던 모든 것을 잃었고 결국 파멸에 이르고 말았습니다.

현재 우리의 내면에는 무엇이 존재하고 있는 것일까요? 어떤 것이 내 안에 살고 있는지 우리는 알고 있는 것일까요? 그 내면의 자아가 나의 삶을 어느 방향으로 이끌어 갈지 우리는 인식하고 있는 것일까요?

36. 삶은 어디로 흘러갈지 모른다

　햄릿 숙부의 탐욕은 국왕이었던 햄릿의 아버지를 죽게 만들었고, 그의 욕심과 햄릿 어머니 간이 정욕은 주위의 많은 사람들을 불행으로 이끌었습니다. 인간의 탐욕이 낳은 비극이었습니다.

　"햄릿 : 아, 더러워질 대로 더러워진 이 살덩어리, 차라리 녹고 녹아 이슬이 되어버려라! 자살을 금하는 신의 계율이 없었다면! 오 하느님, 하느님! 아, 세상일이 모두 따분하고 부질없다. 아무 쓸모가 없구나. 아, 싫다. 싫어. 잡초만 무성한 세상, 천하고 더러운 것들만 활개를 치는구나. 게다가 이렇게 되다니, 돌아가신 지 겨우 두 달, 아니 두 달도 채 못 된다. 참 훌륭한 왕이셨지. 이번 왕에 비하면 히페리온(태양신)과 사티로스(반인반수), 하늘과 땅 차이야, 어머니를 그토록 사랑하셨는데, 아, 이 모든 기억을 떨쳐버릴 수는 없는 것일까? 늘 아버지께 매달리시던 어머니, 애정을 먹으면 먹을수록 욕심이 사나워지기라도 하듯이. 그런데 채 한 달이 지나지 않아서, 아예 생각하지를 말자. 약한 자여, 그대 이름은 여자로다."

　햄릿의 어머니는 왜 자신의 남편인 국왕이 죽은 지 두 달도 되지 않았는데 자신의 시동생과 결혼을 했던 것일까요? 왕비의 자리를 유지하고 싶어서일까요?

아버지인 국왕을 잃었고 두 달도 되지 않아 어머니는 자신의 숙부와 결혼하는 모습을 바라만 보고 있을 수밖에 없었던 햄릿. 그에게는 세상이 원망스러울 수밖에 없었다. 여인을 믿을 수도 없었습니다.

"햄릿 : 사느냐, 죽느냐, 그것이 문제로다. 가혹한 운명의 화살을 참아내는 것이 중요한가, 아니면 고통의 물결을 두 손으로 막아 이를 조절하는 것이 중요한가? 죽음은 잠드는 것, 그뿐이다. 잠들면 모든 것이 끝난다. 마음의 번뇌도 육체가 받는 온갖 고통도, 그렇다면 죽고 잠드는 것, 이것이야말로 열렬히 찾아야 할 삶의 극치가 아니겠는가? 잠들면 꿈도 꾸겠지. 아, 여기서 걸리는구나. 이 세상의 온갖 번뇌를 벗어던지고 영원히 죽음의 잠을 잘 때 어떤 꿈을 꾸게 될 것인지, 이를 생각하면 망설여지는구나. 이 망설임이 비참한 인생을 그토록 오래 끌게 하는 것이다."

햄릿에게는 삶이 허망했습니다. 더 이상 살아가고픈 의욕이나 이유를 찾지 못했습니다. 그가 선택할 수 있는 것이 없었습니다. 오직 그를 슬프게 하는 것을 없애는 것 외에는.

하지만 이러한 과정에서 삶은 전혀 예상하지 못한 곳으로 흘러갈 수도 있습니다. 햄릿은 자신이 사랑하는 여인인 오필리아의 아버지를 실수로 죽이게 됩니다.

오필리아는 애인이었던 햄릿의 실수로 자신의 아버지가 죽자 비탄에 빠지게 되고 이로 인해 오필리아마저 정신적으로 미쳐 죽게 됩니다. 사랑하는 여인마저 잃은 햄릿의 복수가 두려웠던 햄릿의 숙부이자 왕은 햄릿을 죽이려는 음모를 꾸밉니다.

아버지를 잃은 오필리아의 오빠를 이용해 햄릿과 결투를 벌이게 하고 이 결투 과정에서 오필리아의 오빠와 햄릿의 어머니마저 죽음을 맞게 됩니다. 그리고 왕은 햄릿에 의해 결국 죽게 되고 맙니다.

"햄릿 : 하느님이 자네 죄를 용서하시기를! 나도 자네 뒤를 따라가네. 나는 죽는다. 가엾은 어머니, 안녕히! 시간만 있다면 해두고 싶은 이야기가 있는데, 그러나 하는 수가 없다. 호레이쇼, 나는 가네. 자네는 살아남아, 나를 비난하는 사람들에게 나와 내 처지를 올바르게 전해주게."

아버지의 원수를 갚긴 했지만, 햄릿도 그 많은 짐을 짊어진 채 목숨을 잃고 맙니다. 그렇게 모든 사람들의 삶이 파멸에 이르고만 것입니다.

우리의 삶은 어디로 흘러가게 될지 아무도 모릅니다. 많은 사건과 사람 간의 관계는 얽히고설켜 삶의 끝이 어디인지도 모른 채 우리의 인생이 결정되는 것입니다.

삶을 오로지 자신의 힘으로만 살아가려고 하기에 이러한 비극이 발생합니다. 자신의 탐욕과 자신의 판단이 완벽하지 않음을 알아야 합니다. 이를 인식하지 못하면 자신뿐만 아니라 주위의 모든 사람들의 인생에 불행만 안기게 할 수도 있습니다.

37. 이성적 광기

표도르 도스토예프스키는 1821년 모스크바에서 태어났습니다. 그가 관심을 가졌던 것 중의 하나는 가난입니다. 그는 가난한 집 안 출신이었고, 페테르부르크 공병학교를 졸업한 후 공병단에서 일을 시작했지만, 문학으로 직업을 선택합니다. 작가가 된 순간 부터 가난은 그에게 필연이었습니다.

도스토예프스키는 8년에 걸친 유형 생활을 했습니다. 그는 사 회주의 성격을 띤 금요일 모임에 출입하다가 스물여덟 살 때 사 형선고를 받습니다. 다행스럽게 사형 집행 직전에 사형이 취소되 었고, 그 후 옴스크 감옥에서 4년 그리고 시베리아의 세미파라친 스크 부대에서 4년을 보냅니다. 감옥에서 그는 오로지 성경만을 읽을 수밖에 없었고, 1859년 감옥에서 나왔을 때 극우 보수주의 자가 되어 있었습니다. 이때부터 신이 그의 소설에 등장합니다.

그를 평생 괴롭혔던 것이 있었는데 그것은 바로 간질병이었습 니다. 그는 평생동안 주기적으로 간질 발작에 시달렸습니다. 간 질 발작이 시작되고 의식이 완전히 사라지기 직전의 순간은 어쩌 면 그에게 세계의 모든 비밀을 꿰뚫을 수 있는 절대적인 황홀경 의 체험이었는지 모릅니다.

그는 또한 도박에 대한 열정이 대단했습니다. 그에게 도박이란 돈보다도 자신의 운명에 대한 시험이었습니다. 도박의 승부가 나기 바로 직전 그는 간질 발작 직전의 순간과 비슷한 것을 겪었는지도 모릅니다.

그가 43세이던 1864년 그의 아내와 친형 그리고 가장 친했던 친구를 한꺼번에 잃는 아픔을 겪게 됩니다. 그리고 3년 후 안나 그리고리예브나를 만나 결혼했는데, 그녀는 도스토예프스키가 죽는 1881년까지 14년간 지극한 가난에도 불구하고 그가 창작에만 전념할 수 있도록 내조를 합니다. 하지만 1878년 안나와의 사이에 태어난 7살 된 아들도 사망합니다.

도스토예프스키는 이러한 개인사의 아픈 토대 위에서 소설을 썼습니다. 그의 소설에서 인간의 구원과 불멸이 생각나는 것은 어쩌면 그의 아픈 일생으로 인한 것인지도 모릅니다.

도스토예프스키의 대표작 "죄와 벌"은 대학 시절 내가 읽은 소설 중 잊지 못할 작품이었습니다. 이 소설에서 주인공 라스콜니코프는 명문대 법학과 학생이었으나 가난으로 인해 학업을 중단할 수밖에 없었고, 하숙비가 밀려 끼니조차 이어가기 힘들 정도였습니다. 또한, 그는 어머니와 여동생의 생계를 책임져야 하는 집안의 맏아들이었습니다. 라스콜니코프는 그리 사회적으로 도움이 되지 않는 육십 대의 전당포 할머니와 지적 능력이 떨어지는 삼십 대 여성을 살해하고 금품을 빼앗습니다. 그는 하나의 악을 통해 더 큰 선을 이루려 하였지만 어쩌면 그것은 그의 자기중

심적 자만감에서 오는 오만이었는지 모릅니다. 일종의 스스로가 잘났다고 생각하는 선민의식이었을 수도 있습니다. 하지만 그는 자기 자신마저 객관적으로 볼 수 없었던 몽상가에 불과했습니다.

결국, 스스로 자신의 죄를 뉘우치지 못한 그에게 소녀가 나타납니다. 그녀로 인해 자신의 죄를 깨닫고 스스로 그가 지은 죄에 대한 벌을 자청합니다.

인간의 이성은 때로 광기로 변할 수 있습니다. 주인공 라스콜니코프의 죄는 이러한 이성적 광기에서 비롯되었는지도 모릅니다. 그 광기를 치유할 수 있는 것은 순수한 영성밖에 없습니다. 진정한 삶은 어쩌면 우리 영혼의 아름다움에 바탕을 두고 있는 게 아닌가 싶습니다.

도스토예프스키는 힘들고 어려운 삶을 살아냈습니다. 그의 불행한 운명적인 삶은 그가 원한 게 아니었습니다. 하지만 그의 삶에 있어서의 아픔은 그로 하여금 인간의 본질을 볼 수 있는 영혼의 눈이 되어 주었습니다. 어쩌면 그는 운명에 굴복하지 않고 그의 운명을 사랑했는지도 모릅니다. 그렇지 않고서는 그의 삶이 소설로 이어질 수 없었을 것입니다. 그의 아픔이 그를 존재할 수 있게 만들었습니다.

살아가며 힘든 일이 있을 때마다 나보다 더 힘들었던 사람들의 삶이 생각나는 이유는 무엇일까요? 힘든 일을 극복하고 나면 다시 다른 일이 닥치고, 그 일을 해결하고 나면 또 다른 어려운 일이 몰려옵니다. 삶은 어쩌면 문제를 해결하는 것의 연속일지 모릅니다. 하지만 아무리 어렵고 힘든 일이 닥치더라도 아름다운 영혼은 잊어버리지 않고 싶습니다. 저 화려한 봄날의 꽃처럼 나의 영혼도 아름답기만을 바랄 뿐입니다.

38. 슬픔을 넘어

요한 볼프강 폰 괴테는 1749년에 태어나 1832년에 사망하기까지 아홉 명의 여성과 깊은 애정 관계를 가졌다고 알려져 있습니다. 괴테는 만났던 모든 여성에 대해 헌신적이며 열정적이었고, 사랑을 할 때면 자신의 몸과 마음을 다 바쳐 열렬히 사랑하였다고 전해집니다. 그를 일약 최고의 세계적 작가로 만든 작품인 〈젊은 베르테르의 슬픔〉은 그의 세 번째 연인과의 직접적인 경험을 글로 쓴 것입니다.

23살이던 1722년 그는 법학 공부를 마치고 베슬러라는 도시의 법원에서 실습을 하게 되었는데 이때 만났던 여성이 바로 샤로테였습니다. 그녀의 나이는 당시 16세였으며 샤로테가 바로 〈젊은 베르테르의 슬픔〉에서 주인공 베르테르가 사랑했던 여주인공 로테입니다. 즉, 실제 인물의 이름인 "샤로테"에서 "샤"만 뺀 것입니다. 하지만 샤로테는 소설에서와 마찬가지로 이미 다른 약혼자가 있었습니다.

괴테는 샤로테에게 그의 애정을 표현하지만, 약혼자가 있었던 그녀는 괴테에게 우정 이상은 힘들 것이라 그에게 말합니다. 이에 실망하여 고향으로 돌아온 괴테는 절친했던 친구인 예루살렘

이 유부녀와의 사랑에 실패한 후 권총으로 자살했다는 소식에 커다란 충격을 받습니다. 이런 과정을 겪고 나서 쓴 소설이 바로 〈젊은 베르테르의 슬픔〉입니다.

이 소설에서 주인공 베르테르의 로테에 대한 사랑은 진실로 지순합니다.

"무의식중에 내 손가락이 로테의 손가락에 닿거나, 발이 탁자 밑에서 서로 부딪치기라도 할 때 내 혈관이란 혈관이 얼마나 마구 뛰고 치솟는지 모른다. 그러면 나는 불에라도 덴 것처럼 손과 발을 움츠린다. 하지만 곧 다시 현기증에 걸린 듯 어지러워진다. 오, 그런데 그녀의 순진한 마음, 거리낌 없는 영혼은 사소한 정감의 표시가 내 마음을 얼마나 괴롭히는지를 모른다."

베르테르는 로테의 손가락만 닿아도 마음 전체로 그녀의 존재를 알아차릴 만큼 그녀를 사랑했습니다. 하지만 사회적 제도와 주위 환경은 젊은 베르테르가 넘을 수 없는 커다란 산이었습니다. 운명의 그에게 미소를 지어주지 않았습니다.

"인간을 행복하게 만드는 것이, 동시에 불행의 원천이 될 수 있다는 사실이 과연 변할 수 없는 것일까? 생생한 자연을 받아들이는 내 가슴에 넘치는 뜨거운 감정은, 그렇게도 풍부한 기쁨을 내 마음속에 넘쳐흐르게 하고, 주변 세계를 천국처럼 만들어 주었건만, 이제는 그것이 내게 무자비한 박해자가 되고, 나를 지독히도 괴롭히는 마귀로 변하여, 어디를 가든 나를 따라다니며 떨어지려고 하지 않는다."

그는 행복을 바랐지만, 그것이 이루어질 수 없음으로 인해 불행으로 변하게 됩니다. 어쩌면 행복과 불행은 그 원천이 같은 것일지도 모릅니다. 즉 이것이 저것이 되고, 저것이 이것이 될 수도 있습니다. 결국, 베르테르는 그의 운명을 감당하지 못하고 권총으로 스스로 목숨을 끊는 비극을 선택하게 됩니다.

"한편 로테는 아주 이상스러운 상태에 빠져 있었습니다. 베르테르와 마지막 대화를 나누고부터 그녀에게 베르테르와 헤어지는 것이 얼마나 쓰라린 일이며 동시에 베르테르도 그녀와 떨어지는 것을 얼마나 가슴 아파할 것인가를 절감한 것입니다. 탄환은 재어놓았습니다. 지금 열 두 시를 치고 있습니다. 자, 그럼 됐습니다. 로테! 로테! 안녕, 안녕!

어떤 이웃 사람이 화약의 불빛을 보았고, 총소리를 들었습니다."

한 인간으로서의 개인이 뛰어넘을 수 없는 사랑에 절망하여 비극에 이르게 된다는 이 소설은 어쩌면 순수한 사랑에 대한 열정이라 할 수 있을 것입니다. 이루지 못한 운명적인 사랑은 그로 인한 절망으로 삶 자체도 포기할 만큼 커다란 것일 수 있습니다. 인간의 진정한 정신적인 사랑은 이를 억제하는 모든 것이 감옥일 수밖에 없었고 여기서 탈출하는 것이 하나의 기쁨이 될지도 모른다면 베르테르에게 있어 죽음이란 오히려 기쁨이 될 수도 있을 것입니다. 베르테르는 그의 슬픔을 기쁨으로 승화시키려고 최후의 선택을 했는지도 모릅니다.

하지만 이러한 정신적 고통을 극복하면 새로운 단계의 보다 높은 인생의 길을 만나지는 않았을까요? 베르테르가 그 슬픔을 넘어섰다면 어땠을까요? 변하지 않는 사랑이 존재할까요? 이 세상엔 변하지 않는 것은 없습니다. 사랑도 변합니다. 사람도 변합니다. 베르테르는 슬픔으로 모든 것이 끝났습니다. 슬픔 이후에 무엇이 있는지조차 모른 채 삶을 다했습니다. 소설에서 로테도 베르테르를 좋아했습니다. 남겨진 로테는 베르테르의 죽음을 어떻게 감당해야 했을까요?

지금 당장 내 앞에 어떤 일이 일어나더라도 그 너머에 무언가가 있을 것이라는 희망마저 포기한다면 우리네 인생은 정말 너무나 허무할지 모릅니다. 내가 원하는 것을 얻지 못하더라도 더 좋은 것이 얼마든지 있을 수 있습니다. 내가 원하지 않는 것이 나에게 주어지더라도 그 너머에 다른 무엇이 있는지 기다리는 삶은 어떨지 싶습니다. 추운 겨울을 참고 기다리면 예쁜 꽃이 피는 봄이 오는 것처럼 말입니다.

39. 내가 그리는 초상화

제임스 조이스의 〈젊은 날의 초상〉은 어린 시절부터 청년기까지 정치, 종교, 지적 방황을 경험하고 이를 극복하며 진정한 예술가로서의 길을 걸어가는 과정을 이야기하고 있습니다. 주인공은 자아에 대해서 그리고 사회 현실에 대해 나름대로 인식하고 자신의 정신적 성장을 이루어 가면서 홀로 예술가의 세계를 향해 가게 됩니다.

이 소설에서 중요한 것은 바로 "에피퍼니(epiphany)"라는 것입니다. 이는 어떤 사실을 깨닫게 되는 중요한 순간을 뜻하는 데 주인공이 삶의 과정에서 바로 이러한 에피퍼니를 통하여 진정한 예술가로 거듭나게 되는 것을 엿볼 수 있습니다.

"내가 믿지 않게 된 것은, 그것이 나의 가정이든 나의 조국이든 나의 교회든, 결코 섬기지 않겠어. 그리고 나는 어떤 삶이나 예술 양식을 빌려 내 자신을 가능한 한 자유로이, 가능한 한 완전하게, 표현하고자 노력할 것이며, 내 자신을 방어하기 위해서는 내가 스스로에게 허용할 수 있는 무기인 침묵, 유배 및 간계를 이용하도록 하겠어."

주인공 니덜러스는 자신이 평생 걸어가야 할 길이 예술가의 길이라는 것을 깨닫고 그동안의 모든 것을 버리고 스스로 그 길을 선택합니다. 그것이 바로 자신을 완성할 수 있는 것이라 믿었기 때문입니다. 그는 어떠한 과정을 거쳐 이러한 생각을 하게 되었던 것일까요? 그것은 그가 어릴 때부터 겪은 그 모든 삶의 여로가 이러한 결론을 내리게 될 수밖에 없게 했던 것입니다.

"부당한 처사였다. 불공평하고 잔인했다. 식당에 앉아서 그는 자기가 받은 모욕을 몇 번이고 마음속으로 떠올리며 괴로워했다. 결국 그는 혹시 자기의 얼굴에 무엇인가 잘못된 곳이 있어서 나쁜 짓이나 꾀할 학생으로 보이는 것이 아닐까 싶었고, 거울을 들여다보고 싶어졌다. 그러나 얼굴에 그런 것이 있을 리 만무했다. 그러므로 그 처사는 잔인하고 부당하고 불공평했다."

주인공 니덜러스는 서서히 자아를 찾아가며 권위에 저항해 가기 시작합니다. 세상이나 삶을 객관적으로 볼 수 있는 시야가 생기기 시작했던 것입니다. 옳지 않은 것에 침묵하기보다는 이에 맞서야 한다는 것을 깨닫게 됩니다.

"그의 피는 반란을 일으키고 있었다. 그는 어둡고 더러운 거리를 헤매면서 음침한 골목과 문간들을 기웃거리거나 무슨 소리건 들으려고 했다. 좌절한 채 어슬렁거리면 다니는 야수처럼 그는 혼자 신음 소리를 내고 있었다. 그는 자기와 동류인 사람과 함께 죄를 짓고 싶었고, 다른 사람과 함께 죄를 짓자고 강요하고 싶었으며, 죄를 지으며 그녀와 함께 희열하고 싶었다. 그는 어떤 어두운 실재가 암흑으로부터 거역할 수 없게 그를 엄습하고 있음을 느꼈다."

그는 이제 세상으로 나오게 됩니다. 어린아이의 순진함에서 삶의 진정한 모습을 보기 시작하는 것입니다. 선도 있고 악도 존재한다는 그 현실에 눈을 뜨고 그 세상에 스스로 발을 담그기로 마음먹습니다. 삶을 모르는 예술가란 아무런 의미가 없다는 것을 어렴풋이 느끼기 시작했던 것입니다. 아마 그것은 예술가의 본능이 이미 그의 속에 내재하고 있었기 때문이었는지도 모릅니다.

"그가 채플의 통로를 따라오고 있을 때 다리는 후들후들 떨렸고 머리 가죽은 마치 귀신의 손에 닿기라도 한 것처럼 바르르 떨리고 있었다. 그가 계단을 거쳐 복도로 들어가니 벽에 걸린 외투와 우의들이 교수대에 매어달린 죄수처럼 머리와 형체도 없이 물을 뚝뚝 떨어뜨리고 있었다. 그는 한 걸음씩 발을 뗄 때마다 자신이 이미 죽었고, 자기의 영혼은 육체라는 집에서 비틀려 나왔으며, 지금은 자기가 걷잡을 수 없이 허공 속으로 빠져들고 있다는 무시무시한 생각이 들었다."

삶은 평탄하지만은 않습니다. 그가 경험한 세상이 그동안 그가 배워왔고 생각해 왔던 것과는 너무나 다르다는 사실을 알게 된 니덜러스는 이제 넘어서야 할 삶의 단계에 이르게 됩니다. 직접 인간이 무엇인지 삶이 무엇인지를 몸소 겪으며 그는 삶의 한 가운데로 들어서게 된 것입니다.

"오, 이럴 수가! 독신(瀆神)적인 환희의 폭발 속에서 스티븐의 영혼은 절규했다. 그는 갑자기 그녀에게서 몸을 돌리고 둑을 건너가기 시작했다. 그의 뺨이 화끈거리고 몸은 불덩이 같았으며 사지가 후들후들 떨리고 있었다. 앞으로, 앞으로, 앞으로, 앞으로, 그는 멀리 모래밭을 활보하면서 바다를 향해 미친 듯이 노래했고, 그동안 그를 향해 소리치고 있던 삶이 임박해지자 그것을 맞이하기 위해 외쳤다. 그녀의 이미지는 영원히 그의 영혼 속으로 옮겨갔고, 그가 거룩한 침묵 속에서 느끼던 황홀경을 깨는 언어는 없었다. 그녀의 눈이 그를 불렀고 그의 영혼은 그 부름을 받고 뛰었다. 살며, 과오를 범하며, 타락해 보고, 승리하고, 삶에서 삶을 재창조하는 거다! 한 야성의 천사가 그의 앞에 나타났다. 필멸의 인간적 젊음과 아름다움을 갖춘 천사요 삶의 아름다운 궁정에서 보내온 사자인 그가 황홀한 순간에 그를 위해 과오와 영광의 길로 통하는 문을 모두 활짝 열어젖히려 하고 있었다. 앞으로, 앞으로, 앞으로, 앞으로 나아가는 거다!"

주인공 니덜러스는 그의 평생에 가장 중요한 순간을 맞이합니다. 그것은 그가 어떤 인생의 길을 걸어갈지 확신을 하게 만들어 주었습니다. 그것을 깨닫는 순간, 그의 내면은 환희로 가득 차게 되었습니다. 자신의 존재가 살아있음을 느낄 수 있는 일을 찾게 된 것입니다.

그는 이제 자신이 걸어가야 할 길을 확실히 알게 됩니다. 예술가로서의 삶이 바로 그것입니다. 그는 이를 위해 모든 것을 바칠 결심을 합니다. 과거 자신을 얽매고 있었던 모든 것을 버리고 홀로 그 길을 위해 떠나기로 마음먹습니다. 이제 그에게는 매일매일의 삶이 바로 그 예술가로서 살아가기 위해 주어지는 것이라는 것을 알게 됩니다. 젊은 예술가의 초상은 그렇게 그려지고 있었습니다.

우리는 모두 자신의 초상을 만들어 가고 있는 것이 아닐까 싶습니다. 나는 오늘 나의 어떤 모습을 그리고 있는 것일까요? 내가 그린 나의 오늘 모습은 훗날 나의 어떤 초상을 만들게 될까요?

40. 완벽한 사랑의 어려움

완벽한 사랑은 정말 힘든 것일까요? 우리의 인생에서 사랑만큼 아름답고 소중한 것은 없지만, 사랑만큼 힘들고 어려운 것 또한 없는 것 같습니다. 마음만으로, 좋아하는 감정만으로 사랑을 할 수 있으면 얼마나 좋을까요 하지만 현실을 결코 우리에게 쉬운 사랑을 허락하지 않습니다. 사랑의 시간의 함수이며, 사람이라는 존재가 대상이고 주체이기에 생각한 것만큼, 마음먹은 만큼, 예상하는 대로 흘러가지 않습니다.

앙드레 지드의 〈좁은 문〉은 사랑이란 인간에게 있어서 아름답고 이상적이긴 하지만, 그것이 감정이나 마음만으로는 결코 되지 않는 쉽지 않은 과정이라는 것을 보여주는 소설입니다.

"바로 그 순간이 내 생애를 결정지었다. 지금도 괴로움 없이 그 순간을 회상할 수 없다. 물론 나는 알리사가 슬퍼하는 이유를 아주 어렴풋하게만 짐작하고 있었다. 하지만 파닥거리는 그 작은 영혼과 흐느낌으로 온통 뒤흔들린 연약한 육신에게 그 슬픔이 너무도 벅차다는 사실을 뼈저리게 느꼈다. 나는 여전히 꿇어앉자 있는 그녀 곁에 서 있었다. 가슴속에서 올라오는 새로운 격정을 나는 무엇이라 표현해야 좋을지 몰랐다. 그저 그녀 머리를 내 가습에 꼭 끌어안고, 내 영혼이 흘러넘치는 입술을 그녀 이마에 맞출 뿐이었다. 사랑과 연민에 도취되고, 감격과 자기희생과 미덕이 혼합된 막연한 감정에 도취되어, 나는 온 힘을 다해 하나님께 호소했고 그분께 나 자신을 바쳤다. 그리고 이제부터 내 인생의 목적은 오직 이 소녀를 공포로부터, 악으로부터, 인생으로부터 지켜 주는 것이라고 생각했다. 나는 마침내 기도하는 마음으로 가득 차서 무릎을 꿇는다.”

주인공 제롬은 알리사를 어릴 때부터 사촌으로서 알고 지냈지만, 어느 순간 그녀가 자신의 운명적인 사랑임을 깨닫습니다. 알리사 또한 제롬을 그녀의 마음속에 두고 있었습니다. 하지만 사랑은 단순히 마음이나 감정만으로 되는 것이 아니라는 것을 시간이 지나며 그들은 알게 됩니다.

“그날 아침, 작은 교회당에는 그다지 사람이 많지 않았다. 아마도 의도적이었겠지만, 보티에 목사는 ‘좁은 문으로 들어가기를 힘쓰라’라는 그리스도의 말씀을 묵상을 위한 성경 구절로 택했다. 알리사는 나보다 몇 줄 앞자리에 앉아 있었다. 내게는 그녀의 옆모습만 보였다. 나 자신을 망각할 정도로 그녀만 뚫어지게 바라보고 있었기 때문에, 집중해서 듣고 있던 설교 말씀도 그녀를 통해 들려오는 듯했다. 외삼촌은 어머니 곁에서 울고 있었다.”

사랑의 과정은 좁은 문으로 들어가는 것만큼 힘든 것일까요? 단순히 그 어떤 존재를 사랑하는 것 자체만으로 사랑이 완성된다면 얼마나 좋을까요? 하지만 현실을 우리의 인생에서 가장 아름다운 사랑마저 그리 쉽게 허락하지 않습니다. 사랑은 물이 흘러가는 것처럼 그렇게 자연스러운 흐름이 결코 아닙니다. 예상하지 못했던 일들이 수시로 일어나고, 사람이라는 존재 또한 알 수가 없기에 마음과 감정만으로 사랑이 이어지는 것은 정말 쉽지가 않습니다.

"정말 나는 그녀 곁에서 행복하다는 느낌이 들었다. 그 행복은 너무도 완전해서, 이제 다시는 그녀 생각과는 다른 생각을 품지 않으리라 생각되었다. 벌써부터 나는 그녀의 미소 말고는 어떤 것도 원하지 않았으며, 지금처럼 꽃들이 피어 있는 따스한 길을 둘이서 손잡고 걷는 것 말고는 어떤 것도 원하지 않았다."

사랑하는 감정만으로 모든 것이 완성된다면 얼마나 삶이 행복하고 기쁨에 넘칠까요? 다른 것은 필요하지도 않고, 그저 내가 사랑하는 그 존재가 옆에 있다는 것만으로도 세상을 다 얻은 것 같은 그런 순간이 계속될 수만 있다면 얼마나 좋을까요?

"그래서 알리사가 자신을 희생하려 한 거야. 자기 자리를 양보하려고 한 거지. 어때, 이 친구야! 어쨌든 그리 이해하기 힘든 이야기도 아니지. 그렇지만 나는 쥘리에트에게 다시 한번 이야기해 보려고 했어. 내가 말을 꺼내자마자, 아니 내 말뜻을 알아듣자마자, 그녀는 우리가 앉아 있던 긴 의자에서 벌떡 일어나더니 몇 번이나 되풀이해서 '틀림없이 그럴 줄 알았지'하고 말하는 거야. 그럴 줄은 꿈에도 생각하지 못한 사람 같은 말투로 말이야."

제롬은 알리사와의 사랑이 어렵지 않게 이루어질 것이라고 생각하고 있었습니다. 알리사 또한 제롬을 사랑하고 있었기에, 그녀 또한 제롬과의 행복한 시간을 꿈꾸고 있었습니다. 하지만 알리사의 동생인 쥘리에트가 제롬을 사랑하고 그와 결혼하고 싶다는 것을 알게 된 알리사는 동생을 위해 스스로 제롬과의 사랑을 포기합니다.

"나의 사랑만이 내 삶의 유일한 이유였다. 나는 그 사랑에 매달렸고, 내 사랑하는 여인에게서 오는 것 말고는 아무것도 기대하지 않았으며, 또한 기대하고 싶지도 않았다. 이튿날 내가 알리사를 만나러 갈 준비를 하고 있는데, 이모가 나를 불러 세우더니, 방금 받았다며 다음과 같은 편지를 내밀었다.

쥘리에트의 심한 흥분 상태는 의사가 처방해 준 물약으로 아침이 되어서야 진정되었어요. 앞으로 며칠 동안은 제롬에게 오지 말아 달라고 부탁해 주세요. 쥘리에트가 제롬의 발소리나 말소리를 알아들을 테니까요. 그 애한테는 절대안정이 필요해요."

알리사의 동생인 쥘리에트로 인해, 제롬과 알리사의 사랑은 서서히 어긋나기 시작합니다. 쥘리에트는 제롬을 사랑하고 결혼하고 싶어 했지만, 제롬이 그녀의 친언니인 알리사를 사랑한다는 사실을 알고 다른 남자와 결혼합니다. 하지만 어긋나기 시작한 제롬과 알리사의 사랑은 다시 예전처럼 돌아가지 못하게 됩니다.

"아! 슬프게도, 이제 나는 너무나 잘 깨닫게 되었다. 하나님과 제롬 사이에는 오직 나라는 장애물이 있을 뿐이라는 것을. 그가 말한 것처럼, 아마도 처음엔 나에 대한 사랑으로 인해 그의 마음이 하나님께 기울게 되었다고 할지라도, 이제는 그 사랑이 그를 방해하고 있다. 그는 나로 인해 머뭇거리고, 다른 것보다 나를 더 좋아하게 되었다. 그리하여 이제 나는 그가 덕성을 향해 앞으로 나아가는 것을 가로막는 우상이 된 것이다. 우리 둘 중 한 사람만이라도 거기에 도달해야 한다."

알리사는 제롬을 사랑하지만, 사랑에 대해 너무 많은 생각을 하기 시작합니다. 동생과의 일에서부터 비롯된 이러한 사랑에 대한 고민은 결국 그들의 사랑이 빛을 발할 기회를 잃어버리게 되고 맙니다.

제롬과 알리사는 여러 가지 이유로 서로를 떠나 각자의 길을 가며 따로 지내기 시작합니다. 하지만 그러한 공간적 이별은 사랑의 길에서 더 이상 진전을 이루지 못하게 할 뿐이었습니다. 그리워하면서도 만나지 못하고, 보고 싶어 하면서도 인내해야 하는 상황은 결국 사랑의 완성을 멀게만 할 뿐이었습니다.

"제롬, 너에게 완전한 기쁨을 가르쳐 주고 싶구나. 오늘 아침, 구토증 발작으로 기진맥진해졌다. 그러고 난 다음 너무도 쇠약해진 느낌이어서, 한순간 죽었으면 하는 마음이 들었다. 아니다. 처음에는 커다란 평온이 온몸에 깃들었다. 그러고는 불안감이 나를 사로잡았고, 육체와 영혼이 전율했다. 그것은 마치 내 삶의 실상을 환상 없이 보여주는 갑작스러운 '계시'와도 같았다. 나는 끔찍할 정도로 헐벗은 내 방의 벽을 처음으로 바라보는 것 같았다. 나는 두려움이 들었다. 지금도 나는 마음을 안정시키고 가라앉히기 위해 이 글을 쓰고 있다. 오, 주여! 당신을 모독하지 않고 마지막에 이르도록 해 주시옵소서. 나는 다시 일어날 수 있었다. 나는 어린아이처럼 무릎을 꿇었다. 또다시 내가 혼자라는 생각이 들기 전에, 지금 빨리 죽었으면 좋겠다.” 제롬은 어느 날 갑자기 알리사의 죽음을 통보받습니다. 전혀 예상치 못한 소식이었습니다. 아직 너무나 젊은 나이였기에 알리사가 그렇게 세상을 떠날 것이라고는 상상하지도 못했습니다. 그들의 사랑은 그렇게 허무하게 끝나버리고 말았습니다.

서로의 존재가 삶의 이유였는데, 행복이라는 순간은 그 존재와 함께여야만 가능했는데, 어떤 이유로 제롬과 알리사의 사랑은 하루아침의 이슬처럼 사라져 버리고 말았던 것일까요? 사랑은 그리도 힘들고 어려운 것일까요? 사랑이라는 것은 정말로 좁은 문에 들어가는 것만큼이나 힘든 것일까요? 그저 사랑이라는 감정과 마음만으로 사랑의 완성은 불가능한 것일까요?

41. 우리도 베니스 상인이 아닐까?

　셰익스피어의 〈베니스의 상인〉은 인간의 미움과 무시 그리고 편견이 증폭되어 말도 안 되는 일로 비화될 수 있는 것을 보여주는 이야기입니다.

　베니스의 상인인 안토니오는 친구 바사니오로부터 부잣집 딸인 포셔에게 구혼하기 위해 3,000두카트에 해당하는 돈을 구해달라는 부탁을 받습니다. 안토니오는 유대인 고리대금업자 샤일록에게 돈을 빌리는데, 샤일록은 안토니오에게 이자를 받지 않는 대신, 날짜 안에 돈을 갚고 그렇지 못하면 안토니오의 심장에서 가장 가까운 살 1파운드를 제공한다는 증서를 받습니다.

　샤일록은 왜 안토니오에게 돈을 못 받으면 살 1파운드를 받는 조건을 제시했을까요?

　"샤일록: 아첨하는 세리를 꼭 닮았군! 그자가 기독교인이라서 딱 질색이야. 더군다나 미천하고 어리석게도 돈을 공짜로 빌려줘서 이곳 베니스에서 우리들의 대금업 이자율을 떨어뜨려 놓으니 더욱 그럴 수밖에. 그가 어려움에 처하기만 하면 쌓인 원한을 톡톡히 갚아 주어야지. 그는 성스러운 우리 민족을 미워하고, 심지어 상인들이 가장 많이 모이는 곳에서 내 자신과 내 사업과 나의 정당한 이득을 고리대금업이라고 욕해댄다. 내가 그런 자를 용서한다면 내 유대 종족에 천벌이 내릴 것이다!"

"안토니오 : 여보게 비사니오, 이거 좀 보게. 저 악마가 제멋대로 성경을 잘도 인용하는군. 성경을 내세우는 사악한 영혼은 웃는 얼굴을 한 악당이나 마찬가지야. 속은 썩었는데 겉만 번질거리는 사과처럼 말이야. 아 가짜가 겉모습은 이렇게도 그럴싸하단 말인가! 난 앞으로도 당신을 그렇게 부를 거고 또 그대에게 침을 뱉을 거고, 그대에게 발길질을 할 것이오."

아무런 이유 없이 다른 사람의 피해를 원하는 경우는 없습니다. 샤일록이나 안토니오 둘은 서로 상대를 인정하지 않았고, 이로 인해 사이가 좋을 수 없었습니다. 기독교인인 안토니오와 유대교인 샤일록 사이에는 종교라는 또 다른 벽이 가로막혀 있었습니다. 서로 자신이 옳다고 생각하는 그 편견 또한 그들을 다투게 할 수밖에 없었습니다.

안토니오는 자신의 상선이 돌아오면 충분히 돈을 갚을 수 있을 것이라 생각했지만, 오기로 예정되었던 상선이 모두 침몰했다는 소식을 전해집니다. 설상가상으로 샤일록의 딸 제시카가 아버지의 재산을 훔쳐 바사니오의 친구인 로렌조와 도망가고 이에 정신적으로 괴로웠던 샤일록은 안토니오에게 계약대로 살 1파운드를 요구합니다.

이리하여 안토니오, 바사니오, 샤일록은 재판을 벌이게 되는데, 재판관은 샤일록에게 자비를 베풀어 돈으로 빚들 받아 가라고 제안하지만, 샤일록은 이를 거절합니다. 바사니오 또한 안토니오가 빌린 돈의 세 배를 주겠으니 하지만 샤일록은 계약서대로 할 것을 주장합니다.

"샤일록 : 죽는 한이 있어도 계약서대로 하겠소! 나는 법대로 내 계약서에 명시된 벌금과 위약금을 원하오."

샤일록은 나름대로 안토니오에 대한 마음의 상처가 깊었습니다. 돈으로 충분히 보상받을 수 있었지만, 그가 받은 상처는 안토니오에 대한 미움으로 인해 치유되지 못했습니다.

이에 재판관은 계약서는 정당하며 이를 지키지 못했으므로 샤일록의 주장을 받아들입니다. 샤일록이 칼을 들고 안토니오에게 다가가 살을 베려는 순간, 재판관은 샤일록에게 계약서에는 오로지 살만 적혀 있을 뿐, 피라는 단어는 없으니 살을 가져가되 피를 내서는 안 되며, 피를 한 방울이라도 흘리면 샤일록은 모든 재산을 몰수당하고 사형에 처해진다고 선언합니다.

"포서 : 잠깐 기다리시오, 얘기가 끝나지 않았소. 이 계약서에 따르면 당신은 피를 한 방울도 흘려서는 안 되오. 살 1파운드라고만 거기엔 쓰여 있소. 그러니 계약에 따라 살 1파운드를 떼어 가시오. 그러나 살을 떼어내느라고 기독교인의 피 한 방울이라도 흘리는 날에는 당신의 땅과 재산이 베니스의 법률에 의해서 국가의 소유로 몰수될 것입니다."

샤일록은 어떻게 살만 도려내고 피를 흘리지 않게 할 수 있냐고 반문하지만, 재판관은 당신이 원하는 대로 엄격하게 법을 적용한 것이라 말합니다. 게다가 정확하게 1파운드여야 하며, 조금이라도 차이가 있으며 안된다고 말합니다.

결국 샤일록은 안토니오의 살을 포기하고 돈으로 받아 가겠다고 한 걸음 뒤로 물러서지만, 재판관은 이미 판결을 냈으며 이를 이행하지 않으면 처벌하겠다고 합니다.

"안토니오 : 공작 각하와 법정의 다른 모든 사람들이 좋다면 그의 재산의 절반을 몰수하지 않고 벌금형만 내려 주셨으면 합니다. 나머지 절반은 제가 위탁하고 있다가 저 사람이 죽게 되면 얼마 전에 그의 딸을 훔친 그 양반에게 그 재산을 양도하는데 그가 동의한다는 조건으로 말입니다. 두 가지 조건이 더 있습니다. 하나는 이러한 호의의 대가로 그가 즉시 기독교인으로 개종하는 것이고, 다른 하나는 그가 죽을 때 전 재산을 그의 사위 로렌조와 딸에게 양도한다는 양도증서를 이곳 법정에서 쓰는 것입니다."

결국 샤일록은 패소하여 재산의 절반은 국가에 몰수당하고 나머지 절반은 안토니오에게 피해 보상으로 넘겨주게 됩니다. 안토니오는 재판관에게 재산몰수형을 철회하도록 간청하고, 자신이 피해 보상으로 받을 샤일록의 재산 절반도 샤일록의 딸 제시카가 로렌조와 결혼하는 자금으로 주겠으니, 대신 샤일록이 기독교로 개종하고 죽은 뒤 재산을 제시카와 로렌조에게 상속할 것을 약속하게 합니다. 이에 샤일록은 할 수 없이 모든 조건을 받아들이기로 하고 재판장을 힘없이 걸어 나옵니다.

기독교인이었던 안토니오의 유대인 샤일록에 대한 편견과 무시는 샤일록에게 커다란 상처가 되었고, 이 상처는 미움으로 발전하게 됩니다. 그 미움이 돈을 매개로 한 복수를 낳게 만들었습니다. 안토니오나 샤일록이 서로 상대를 조금만 더 인정했더라면 그러한 비극은 발생하지 않았을 것입니다.

재판에서 안토니오가 샤일록을 개종시키고 이겼지만, 그의 인생은 성공한 인생이 아닐 것입니다. 자신이 갚아야 할 빚도 갚지 않은 채 그 사람의 인생을 망하게 한 것은 결코 성공이 아닙니다. 재판에 이겼어도 당연히 안토니오는 샤일록의 빚을 갚아야 했습니다.

상대를 일방적으로 허물어뜨리는 것이 절대 승리라고 할 수 없습니다. 당장은 좋을지 모르나 그 또한 나중에 어떤 일을 당할지 알 수 없습니다. 샤일록도 마찬가지로 자신을 무시한 사람이라고 하여 미움과 복수로만 그를 대했기에 그가 가지고 있었던 모든 것을 잃을 수밖에 없었습니다. 차라리 미워한 것으로 그치고 더 이상 복수를 하지 않았다면 좋았을지도 모릅니다. 그의 변하지 않는 아집이 그의 삶을 허물어뜨린 것일 수도 있습니다.

우리는 살아가면서 별것도 아닌 것으로 인해 오해하고 미워하고 증오하다 인생의 돌이킬 수 없는 길로 가는 경우가 있습니다. 자아가 강할수록 그런 경향이 큽니다. 이는 타인을 받아들이지 못하고 인정하지 않기에 생깁니다. 다른 사람의 형편을 조금만 더 생각한다면, 그의 사정을 조금만 더 이해하려 노력한다면 훨씬 더 좋은 선택을 할 수 있을 텐데 그렇지 못하는 경우가 너무나

많습니다. 어쩌면 우리 모두가 안토니오나 샤일록 같은 베니스의
상인일지도 모릅니다.

42. 무상계(無常戒) [무상게(無常偈)]

夫無常戒者 入涅槃之要門 越苦海之慈航 是故 一切諸佛 因此戒故
而入涅槃
부무상계자 입열반지요문 월고해지자항 시고 일체제불 인차계고
이입열반

一切衆生 因此戒故 而度苦海 某靈 汝今日 迴脫根塵 靈識獨露 受
佛無常淨戒
일체중생 인차계고 이도고해 모령 여금일 형탈근진 영식독로 수
불무상정계

何幸如也 某靈 劫火洞燃 大天俱壞 須彌巨海 磨滅無餘 何況此身
生老病死
하행여야 모령 겁화통연 대천구괴 수미거해 마멸무여 하황차신
생로병사

憂悲苦惱 能與遠違 某靈 髮毛爪齒 皮肉筋骨 髓腦垢色 皆歸於地
唾涕膿血

우비고뇌 능여원위 모령 발모조치 피육근골 수뇌구색 개귀어지
타체농혈

津液涎沫 痰淚精氣 大小便利 皆歸於水 煖氣歸火 動轉歸風 四大
各離
진액연말 담루정기 대소변리 개귀어수 난기귀화 동전귀풍 사대
각리

今日亡身 當在何處 某靈 四大虛假 非可愛惜 汝從無始已來 至于
今日
금일망신 당재하처 모령 사대허가 비가애석 여종무시이래 지우
금일

無明緣行 行緣識 識緣名色 名色緣六入 六入緣觸 觸緣受 受緣愛
愛緣取
무명연행 행연식 식연명색 명색연육입 육입연촉 촉연수 수연애
애연취

取緣有 有緣生 生緣老死 憂悲苦惱 無明滅則行滅 行滅則識滅 識
滅則
취연유 유연생 생연노사 우비고뇌 무명멸즉행멸 행멸즉식멸 식
멸즉

名色滅 名色滅則六入滅 六入滅則觸滅 觸滅則受滅 受滅則愛滅 愛滅則

명색멸 명색멸즉육입멸 육입멸즉촉멸 촉멸즉수멸 수멸즉애멸 애멸즉

取滅 取滅則有滅 有滅則生滅 生滅則老死憂悲苦惱滅

취멸 취멸즉유멸 유멸즉생멸 생멸즉노사우비고뇌멸

諸法從本來 常自寂滅相 佛子行道已 來世得作佛

제법종본래 상자적멸상 불자행도이 내세득작불

諸行無常 是生滅法 生滅滅已 寂滅爲樂 歸依佛陀戒 歸依達磨戒 歸依僧伽戒

제행무상 시생멸법 생멸멸이 적멸위락 귀의불타계 귀의달마계 귀의승가계

南無過去 寶勝如來 應供 正遍知 明行足 善逝 世間解 無上士 調御丈夫

나무과거 보승여래 응공 정변지 명행족 선서 세간해 무상사 조어장부

天人師 佛世尊 某靈 脫却五陰殼漏子 靈識獨露 受佛無常淨戒 豈

不快哉
천인사 불세존 모령 탈각오음각루자 영식독로 수불무상정계 기
불쾌재

豈不快哉 天堂佛刹 隨念往生 快活快活
기불쾌재 천당불찰 수념왕생 쾌활쾌활

西來祖意最堂堂 自淨其心性本鄕 妙體湛然無處所 山河大地現眞光
서래조의최당당 자정기심성본향 묘체담연무처소 산하대지현진광

대저 무상계자는 열반에 들어가는 문이요. 고해를 건너는 자비의
배라. 이러므로 일체의 모든 부처님이 이 계로 인하여 열반에 드
시고 일체의 모든 중생들도 이 계로 인하여 고해를 건너가나니.
영가여 이제 육근과 육진을 벗어나서 신령스런 식이 홀로 드러나
서 부처님의 위없는 깨끗한 계를 받으니 어찌 다행치 아니하리요.

영가야! 겁의 불이 크게 타면 대천세계 모두 무너져서 수미산과
큰 바다가 말라 없어져서 남은 것이 없거든, 하물며 이 몸의 생로
병사와 근심고뇌로 된 것이 무너지지 않을손가.

영가여! 머리털과 손톱과 이빨과 가죽과 살과 힘줄과 뼈와 해골
과 때낀 것은 모두 땅으로 돌아가고 가래침과 고름과 피와 진액

과 침과 눈물과 모든 정기와 대변 소변은 모두 물로 돌아가고 더운 기운은 불로 돌아가고 움직이는 기운은 바람으로 돌아가서 사대가 각각 서로 헤어지나니 오늘에 없어진 몸이 어느 곳에 갔는고?

영가여! 사대가 헛되고 거짓 것이니 사랑하고 아낄 것이 없느니라. 영가여! 시작함이 없이 오늘에 이르도록 무명이 행을 반연하고 행이 식을 반연하고 식이 명색을 반연하고 명색이 육입을 반연하고 육입이 닿임을 반연하고 닿음이 받는 것을 반연하고 받는 것이 사랑하는 것을 반연하고 사랑하는 것이 취함을 반연하고 취하는 것이 있는 것을 반연하고 있는 것이 생을 반연하고 생이 노와 사와 우비와 고뇌를 반연하느니라.

무명이 멸한즉 행이 멸하고 행이 멸한즉 식이 멸하고 식이 멸한즉 명색이 멸하고 명색이 멸한즉 육입이 멸하고 육입이 멸한즉 닿음이 멸하고 닿음이 멸한즉 받는 것이 멸하고 받는 것이 멸한즉 사랑함이 멸하고 사랑함이 멸한즉 취함이 멸하고 취가 멸한즉 유가 멸하고 유가 멸한즉 생이 멸하고 생이 멸한즉 노와 사와 우비와 고뇌가 멸하느니라.

모든 법이 본래부터 항상 스스로 고요하고 고상한 상이라 불자가 이 도리를 실행하면 오는 세상 반드시 부처가 되리라. 모든 법은 항상 됨이 없으니 이것이 생멸하는 법이라. 생하고 멸함이 또 멸하여지면 고요하고 고요해서 즐거움이 되느니라. 불법승의 계에 의지하고 과거의 보승여래, 응공, 정변지, 명행족, 선서, 세간해, 무상사, 조어장부, 천인사, 불, 세존께 의지하오니 영가여! 다섯 가지 가림의 껍질을 벗어버리고 신령스런 식이 홀로 드러나서 부처님의 위없는 깨끗한 계를 받으니 어찌 상쾌하지 아니하며, 천당과 부처님 국토에 마음대로 가서 쾌활하고 쾌활하소서.

서역으로부터 오신 조사의 뜻 당당하여 스스로 그 마음 깨끗하니 자성의 본 고향이라. 묘한 체가 맑아서 있는 곳이 없으니 산과 물과 대지가 참된 빛을 나타내더라.

 삶은 공하니 죽음도 공할 뿐이다. 생사의 경계가 어디인지 모르나, 고통과 괴로움을 벗어버리는 곳, 그곳이 경계일지도 모른다. 그것이 바로 이 땅에 살아도 죽은 것 같고, 죽어도 미련이 없는 이유이리라.
 모든 것은 인연따라 가고 인연따라 오는 것, 이를 거부할 수 있는 자는 이 세상에 존재하지 않는다. 삶은 자신보다 크고, 생과 사는 나의 한계가 아니다.
 지금 이곳에서 내려놓고 평안하려 애를 써야 하리라. 언제 어떤 일이 일어날지 모르니, 미래는 이미 온 것인지도 모른다. 다음 순간을 생각하는 것은 지금 이 순간을 잃는 것밖에 되지 않는다.

이곳에서 평안하지 못했으니 그곳에서 평안하기를 소망한다. 이곳에서 과거에 평안하지 못했다면 지금부터라도 평안하기를 희망한다.

멀리 떠나갈지라도 두려워할 필요가 없다. 이승은 잠시일 뿐 인생은 찰나에 불과하다. 아름다운 순간도 있었으니 결코 헛된 시간은 아니었다.

모든 것에서 평안을 찾아 과거에 반복되었던 고통과 괴로움에서 벗어나 하루라도 고요한 삶을 살아가야 하리라. 영원한 안식이 곧 오리리.

43. 이카루스

　서울에서 열리는 마르크 샤갈 특별 전시회를 방문했습니다. 미루고 미루다가 시간이 나서 큰마음을 먹고 발걸음을 했습니다. 제가 좋아하는 화가는 샤갈하고 고흐입니다. 이유는 잘 모르겠지만 그분들의 그림을 보면 왠지 마음이 끌립니다. 저는 미술에는 문외한이라 잘 이해도 못 하지만 그냥 그림을 보면서 이 생각 저 생각을 하곤 합니다.

　샤갈의 그림은 색깔이 너무나 예쁘고 꿈속을 헤매는 듯한 그림 같아서, 한참 동안 보면서 상상의 날개를 펴곤 합니다. 오늘 본 그림 중에 인상이 깊었던 것은 '이카루스의 추락'이라는 것입니다. 이카루스가 공중에 붕 뜬 상태에서 고개를 아래쪽으로 하면서 떨어지고 있는데 한쪽은 빨간색으로 그려져 있습니다. 아마 그쪽이 태양 쪽일 것입니다.

　이카루스는 아버지 다이달로스와 함께 미궁에 갇히게 되는데 다이달로스가 미궁을 탈출하기 위해 밀랍으로 깃털을 이어붙인 날개를 만들어 아들인 이카루스와 함께 공중으로 날아올라 탈출을 하게 됩니다.

　아버지인 다이달로스는 아들인 이카루스에게 너무 높이 날아올라 태양에 가까이 가면 밀랍이 녹으니 조심하라고 말하지만 이카루스는 아버지의 충고를 잊은 채 한없이 태양에 가까이 가다가 밀랍으로 만들어진 날개가 녹아 추락하게 되고 맙니다.

이카루스는 왜 아버지의 말에도 불구하고 태양에 가까이 가려고 했었던 것일까요? 제가 생각하기에는 이카루스는 젊기에 자신의 욕망이나 꿈을 좇아 무한정 달려갔던 것이 아닐까 싶습니다. 이카루스가 강렬한 태양을 본 순간 마치 자신이 도달해야 할 목표라 생각하고 정신없이 날아갔던 것이 아닐까요? 이카루스의 도전 정신은 어쩌면 커다란 용기가 있어야 가능할지도 모릅니다. 그 용기는 칭찬 받아야 마땅할 것입니다.

하지만 이카루스는 자신의 욕망을 절제했어야 했는데 그것을 못했고, 어느 정도에서 멈추어야 하는데 멈추지 못하는 바람에 자신의 날개마저 잃어버리고 추락한 것이 아닐까 싶습니다.

이카루스의 추락은 우리의 삶과 비슷한 것이 아닐까요? 젊었을 때 우리는 잘 아는 것도 없이, 깊게 생각하지도 않은 채, 어떤 것이 옳은 것인지도 모르고, 욕망과 목표를 위해 무조건 앞으로 달려만 갔습니다. 하지만 그것이 헛된 것인지도 모르고, 욕심만 부리다가 절제를 하지 못해 결국 많은 실패를 하게 되고, 절망에 빠지기도 하며, 커다란 상처도 받게 됩니다. 그러한 욕망을 절제했어야 했는데, 왜 그러지 못했던 것일까요?

솔직히 저도 이카루스처럼 추락한 적도 많이 있습니다. 그 추락은 바로 나의 헛된 욕망에서 비롯되었고, 그것이 헛된 것인지도 모른 채 열심히 살아가기만 했고, 어느 정도에서 멈추어야 하는데 멈추지도 못했습니다. 결국 추락은 짜여진 각본처럼 일어날 수밖에 없었던 것이 아닐까 싶습니다.

이제는 더 이상 이러한 추락을 경험하지는 말아야 할 것 같습니다. 나이도 어느 정도 되었고, 저에게 남겨진 시간이 얼마인지도 모르니까요.

44. 마을과 나

샤갈의 〈마을과 나〉라는 그림을 보면 나도 모르게 그림에 빠져드는 것을 느낍니다. 동화 같은 상상력과 화려한 색채는 한참동안이나 눈을 떼지 못하게 만드는 마력이 있습니다. 98세까지 장수했지만, 샤갈은 어린아이와 같은 마음을 평생 유지했던 것이 아닐까요? 순수하고 맑은 그의 그림에는 어두운 면을 찾아볼 수가 없습니다.

샤갈이 태어난 곳은 러시아의 변방인 폴란드의 접경지역에 있는 작은 마을 비텝스크입니다. 가난한 유대인 행상인의 아들로 태어났지만, 행운의 여신이 그를 파리로 불러 그림 공부를 할 수 있게 해 주었습니다. 볼셰비키 혁명과 2차 대전 속에서도 그는 안정된 상태에서 그림을 그릴 수 있었습니다. 불운했던 고흐에 비하면 샤갈의 생에는 행운이 많이 따랐음을 부인할 수 없습니다.

그래서 그런지 그의 마음은 어린아이와 같았고 그의 그림 또한 아이 같은 순수함과 상상력이 가득합니다. 샤갈의 〈마을과 나〉는 분명 그의 고향인 비텝스크와 관련이 있을 것입니다. 사람과 동물이 함께 어울려 살아가는 시골 마을임을 이 그림에서 너무나도 쉽게 파악할 수 있습니다. 왜냐하면 오른쪽에 있는 사람과 왼쪽의 양(말같이 생기기도 했지만)이 서로 마주 보고 평화롭게 웃고 있습니다. 게다가 그 남자는 목에 십자가를 걸고 있습니다. 종교적인 인간이라는 의미입니다. 헛되이 동물의 목숨을 앗아가지 않을 사람임이 분명하니까 그렇게 양과 얼굴이 닿을 정도로 마주 보고 있는 것이 아닐까 싶습니다. 게다가 양도 웃고 있고, 사람도 웃고 있습니다. 뭐가 좋아서 서로 쳐다보면서 웃는 것일까요?

그 밑으로는 농사를 짓는 샤갈의 마을에서 열매가 주렁주렁 달려있는 나무가 있습니다. 풍요로운 일상이 보장된 듯 나무에는 커다랗고 먹음직스러운 과일이 달려 있습니다. 그 위로 염소의 젖을 짜는 여인도 있고, 밭으로 가기 위해 농기구를 들고 걸어가는 농부도 있습니다. 이 마을 사람들은 각자 자신이 해야 할 일로 무척이나 바쁜 듯합니다. 그 위로는 유대인 성당도 있기에 이 마을 사람들은 종교적인 활동도 열심히 할 것 같다는 생각도 듭니다. 하늘의 축복을 빌며 자신의 일을 하고 서로를 위해 주고받는 그러한 사람들이 모여 사는 마을이 아닐까 싶습니다.

샤갈이 그리는 이런 마을에서 살면 얼마나 좋을까요? 따뜻한 사람들과 먹을 것, 잠잘 것 걱정 없는 그러한 마을에서 평화와 여유를 가지고 살아보는 것이 바로 천국이라는 생각이 듭니다.

세월이 지나 모든 것이 발전을 했는데도 아직 샤갈의 마을 같은 곳은 없는 것 같습니다. 마음속에나 가능한 것일까요? 우리는 언제 아무런 걱정 없는 그러한 사회에서 마음의 여유를 가지고 살아갈 수 있는 것일까요?

45. 프리다 칼로의 아픔

오늘은 우연히 프리다 칼로의 그림을 한참이나 바라보았습니다. 특히나 그녀가 그림 자화상이 너무나 인상적이었습니다. 6살때 소아마비를 앓았던 프리다 칼로는 오른쪽 다리가 불편했지만 총명했다고 합니다. 그녀는 멕시코 최고의 교육기관이던 에스쿠엘라 국립 예비학교에 진학했는데 당시 이 학교에서 전교생 2,000명 중 여학생은 35명이었다고 합니다. 그녀는 의대생으로서 생물학, 해부학 등을 공부했습니다. 하지만 의사가 되려던 칼로의 꿈은 하루아침에 산산조각이 나 버렸습니다.

학교가 끝나고 집으로 돌아가는 버스를 탔고, 그 버스는 전차와 충돌하고 말았습니다. 그녀는 쇄골, 갈비뼈, 등뼈, 팔꿈치, 골반, 다리의 골절상을 입었으며, 오른발은 으깨어졌고, 왼쪽 어깨는 탈구되었습니다. 더 큰 문제는 전차의 쇠 난간이 왼쪽 엉덩이를 관통하고 골반 아래 허벅지로 빠져나오는 중상을 입었던 것입니다. 죽지 않고 살아난 것이 기적이었습니다. 의사들은 그녀가 다시 걸을 수 없을지도 모른다고 했습니다. 칼로는 사고 이후 9개월을 전신 깁스를 한 채로 침대에 누워 있어야만 했습니다. 의사가 되기는커녕 이제는 아무것도 꿈꿀 수 없었습니다.

오랜 기간의 치료로 인해 간신히 회복은 되었지만, 그녀는 의사의 꿈을 버릴 수밖에 없었습니다. 집 안에서 회복하며 보내는 동안 그녀는 자신의 새로운 열정을 발견하게 됩니다. 교통사고를 당하기 전까지 그림을 그릴 생각을 한 번도 해 본 적은 없었는데, 깁스를 하고 침대에 하루 종일 누워 있으려니 너무나 지루해서 아무거라도 해봐야겠다고 생각했습니다. 당시 할 수 있는 것은 붓으로 그림을 그리는 정도밖에 없었습니다. 일어나 앉을 수도 없는 그녀를 위해 어머니가 주문 제작한 이젤을 가지고 그림을 그리기 시작했습니다. 다친 등뼈를 고정하기 위해 석고 코르셋을 착용했습니다. 무릎에 소형 이젤을 올려놓고 머리 위 침대 지붕 덮개에 거울을 매달아 자신의 얼굴을 보며 자화상을 그렸습니다. 그녀는 다음과 같은 말을 합니다.

"내가 그림을 그리는 건 너무나도 자주 외로워지기 때문이었다."

칼로는 수많은 수술과 회복을 하며 커다란 고통 속에서도 외로움을 달래며 그렇게 하루하루 그림을 그려 나갔습니다. 시간이 지나며 칼로는 멕시코 전통 속에 고독과 고통을 담아내어 그 어떤 미술 범주에도 들지 않는 자신만의 독특한 화풍을 만들어 냈습니다. 그녀의 부서진 마음의 고통은 그렇게 미술로 승화되었습니다. 이후 칼로는 장애인과 고통받는 자들의 신화에 가까운 존재가 됩니다.

하지만 1940년대 말부터 그녀의 건강은 악화되어 결국 오른쪽

다리를 잘라낼 수밖에 없었습니다. 게다가 몇 차례의 척추 수술은 실패로 이어졌습니다. 그녀는 하루의 대부분을 누워 지내야만 했으며 그 외 시간에는 휠체어에 기대 간신히 앉아 생활할 수밖에 없었습니다.

하지만 그녀는 말합니다.

"높이 날아오를 날개가 있는데 발이 왜 필요하겠는가?"

사실 저는 프리다 칼로 같은 아픔은 없었던 것 같습니다. 그녀는 우리가 상상하지도 못했던 그러한 고통 속에서도 이겨낸 것을 보면 사실 나는 너무 부끄럽다는 생각이 듭니다. 저에게 만약 그녀에게 닥쳤던 일들이 일어난다면 어떻게 했을까요? 오늘따라 그녀의 그림이 더욱 아름답게 느껴지는 이유는 무엇 때문일까요?

46. 고흐와 해바라기

빈센트 반 고흐는 왜 해바라기를 그렸을까요? 알려진 바에 따르면 고흐는 고갱을 맞이하기 위해 자신이 그린 해바라기 그림으로 작업실을 장식했다고 합니다.

고흐는 태양을 사랑했습니다. 그렇기에 항상 태양을 바라보며 쫓아다니는 해바라기를 사랑하지 않을 수 없었을 것입니다. 고흐는 고갱을 맞이할 준비를 하면서 해바라기 그림을 그릴 때 동생인 테오에게 해바라기 그림이 아주 멋지게 그려질 것이라는 기쁨의 편지를 보내기도 했습니다. 그만큼 기대를 많이 했기 때문일 것입니다.

고흐는 고갱이 올 때 그린 해바라기 말고도 많은 해바라기 그림을 그렸습니다. 파리에 있을 때 4개를 그렸고, 아를르에 있을 때도 7개를 그렸습니다. 우리가 흔히 접하는 고흐의 해바라기는 1888년 아를르에 있을 때 그린 것입니다.

추측건대 고흐가 파리에서 프랑스 남쪽 지방인 아를르에 갔을 때가 고흐의 인생에서 가장 행복했던 때가 아닌가 싶습니다. 자신의 내면의 세계가 작품으로 형상화되는 것은 너무나 당연할 것입니다. 밝은 미소를 하루 종일 보내는 해바라기가 마음에 있었기에 그렇게 해바라기를 그렸을 것입니다.

〈해바라기〉

에우제니오 몬탈레

바닷바람에 그을린 내 영토에
옮겨 심은 해바라기 내게 가져와 주오,
번쩍이는 푸른 창공에 노란 얼굴로
종일토록 초조함을 내비친다오.

어스레한 사물이 광명을 향하고
몸체는 흐르는 어둠 속에 마멸되는데,
사물은 음악 속에 사그라진다.
소멸은 곧 행운 중의 행운이려니.

황금빛 투명함이 일어나는 곳으로
안내하는 그 화초를, 그대 내게 가져와 주오.
삶의 모든 본질을 증발시킨다.
빛에 미쳐버린 해바라기, 내게 가져와 주오.

　해바라기는 따스함입니다. 햇살을 그리워하고 푸근한 태양 아래 하루 종일 그 자리에 서 있습니다. 우리에게 따스한 사람은 얼마나 존재하는 것일까요? 아무런 조건 없이 항상 양지바른 곳에서 우리를 반겨 주는 사람은 얼마나 될까요?

해바라기는 그저 바라봄입니다. 항상 태양을 바라보고 종일 따라다닙니다. 자신을 계속 따라다니는 해바라기가 태양은 귀찮을지도 모릅니다. 하지만 해바라기는 그런 것은 전혀 상관하지 않고 태양이 무어라 하건 말건 하루 종일 태양만 바라봅니다.

어느 날은 태양이 구름에 숨어버리기도 하고, 많은 비가 내리기도 하지만 그런 것은 전혀 개의치 않습니다. 구름이 지나가고 비가 멈추면 다시 태양을 향해 미소를 지을 뿐입니다.

무슨 일이 일어나더라도 오직 하나만 바라본다는 것은 그리 쉬운 일이 아닙니다. 자신의 이익을 생각한다면 절대 불가능합니다. 삶을 자기 위주로만 살아가는 이들에게는 상상할 수 없는 것입니다. 고흐가 해바라기를 좋아했던 이유는 이러한 것들 때문이 아니었을까요?

47. 씨뿌리는 사람

고흐는 1888년 2월 무기력한 자신에서 벗어나고 싶어 기차를 탔습니다. 춥고 우울한 파리에서 더 이상 버틸 자신도 없었습니다. 열여섯 시간에 걸친 기차 여행 끝에 그는 프랑스 남쪽 프로방스 지방인 아를르에 도착했습니다.

추운 겨울이 가고 봄이 오자 아를르는 새로운 세계로 변해갔습니다. 따뜻한 태양으로 생명이 움트기 시작했고, 사방에 꽃이 피기 시작했습니다. 숲속에서는 새들이 지저귀고, 들에서는 농부들이 바쁘게 오고 갔습니다. 파리에서는 보기 힘든 그 광경에 고흐는 새롭게 마음을 먹습니다.

생명이 새로 태어나듯, 한동안 그림 하나 그릴 수 없었던 고흐에게 새로운 의욕이 솟아올랐습니다. 들판에 가득한 해바라기, 내리쬐는 태양, 눈부신 생명의 탄생속에 그도 하나가 되고 싶었습니다.

새로운 생명은 시작이 필요합니다. 아무것도 없는 거친 들판에 그는 생명의 근원인 씨를 뿌리고 싶었습니다. 그 씨가 땅속에서 움터 풍성한 수확을 이룰 수 있도록 해주리라 믿었습니다. 그 또한 자신이 꿈에 그리던 자신만의 아름다운 그림을 탄생시키고 싶었을 것입니다.

그 소원을 염원하면서 그는 힘차게 밭에 나갔습니다. 바구니 한 가득 씨앗을 담아서 거침없이 들판에 새로운 생명의 근원을 뿌려 나갔습니다. 그의 꿈이 곧 이루어지리라는 희망을 품고서 그는 내리쬐는 태양 아래 모자를 눌러쓰고 자신의 모든 것을 다해 그렇게 씨를 뿌려 나갔습니다.

그의 열정은 활화산 같이 타올라, 하얀 캔버스에도 그의 그림이 완성되기 시작했습니다. 자신만의 고유한 그림의 세계에 빠져 그는 비로소 자아를 캔버스 위에 실현시킬 수 있었습니다. 그가 들판에 씨를 뿌렸듯이 그는 자신의 그림의 씨앗을 자신의 모든 것을 하얀 캔버스에 담았습니다. 자신의 영혼과 생명까지 불어넣은 자신만의 그림을 그는 그렇게 탄생시켜 나갔습니다.

48. 고흐의 귀

1888년 12월 24일, 당시 고흐와 함께 지내던 고갱이 아침에 집에 돌아와 보니 집 앞에는 많은 사람들과 경찰이 모여 있었습니다. 무슨 일인가 싶어 보니 고흐가 자신의 귀를 잘랐고 혼수상태에 빠져 있었습니다. 고갱은 얼른 의사를 불러 달라고 부탁하고 고흐의 동생인 테오에게도 연락을 취했습니다. 응급조치를 취한 후 고흐는 깨어났고, 며칠이 지나 그는 아를르의 병원에 입원하게 됩니다.

고흐는 왜 자신의 귀를 잘랐을까요? 물론 그 정확한 이유는 알 수가 없지만, 당시의 상황을 살펴보면 어느 정도 추측은 가능할 수 있을 것입니다.

고흐는 당시 고갱과 함께 아를르에서 생활하고 있었습니다. 그는 평소 고갱을 너무나 좋아하여 그와 함께 예술을 논하며 같이 그림을 그리는 것을 꿈꾸어 왔습니다. 그의 꿈은 마침내 현실이 되어 고갱이 1888년 10월 20일 고흐가 있는 아를로 와서 함께 작품 활동을 하게 됩니다. 하지만 둘의 성격은 너무나 달랐습니다. 고흐는 자신보다 다섯 살 많은 고갱을 스승처럼 생각하고 따랐으나 각자의 예술과 성격에 있어서는 많은 차이가 있었습니다.

고흐는 거의 알려져 있지 않았고 열정적이며 순수한 마음을 가지고 있었던 반면 고갱은 이미 이름이 많이 알려진 유명한 화가였고 성격이 고흐와는 다르게 냉정한 편이었습니다.

두 달 정도 함께 지내는 동안 둘은 같이 작품 활동을 하면서도 번번이 부딪힐 수밖에 없었습니다. 서로 다른 예술 세계를 인정해 주지 못했고, 시간이 갈수록 함께 생활하는 것이 너무 불편했기에 결국 고갱은 아를르를 떠나 파리로 돌아갈 결심을 합니다.

고갱과 함께 공동 작품을 하고 싶었고, 서로의 예술 세계를 이해하기를 원했던 고흐는 고갱이 자신을 떠난다는 사실에 절망합니다. 게다가 자신이 가장 아꼈던 동생인 테오가 결혼을 한다는 소식도 전해집니다. 만약 동생이 결혼하면 자신과의 관계가 멀어지고 동생의 경제적인 도움으로 살아가던 고흐는 이러한 도움도 끝이 날 수 있다는 걱정도 되었을 것입니다.

고흐 자신이 가장 믿었고 좋아했던 두 사람이 한꺼번에 자신을 떠난다는 사실에 고흐는 무척이나 우울하고 외로워지기 시작했을 것입니다. 또한 고흐의 작품은 거의 팔리지 않아 자신의 예술을 인정받지 못하고 있음에 많은 절망을 하기도 했습니다. 이 즈음부터 고흐는 정신적으로 매우 불안해지기 시작한 것으로 알려집니다. 결국 고흐는 고갱과 테오와의 이별이 현실이 되자 더 이상 그의 내면의 세계가 이를 받아들이지 못하게 되는 지경에 이르렀을지도 모릅니다. 그로 인해 자신도 모르게 이러한 상황을 탈피하고 싶어 스스로 현실을 깨뜨리기라도 하기 위해 자신의 귀를 잘랐을지도 모릅니다.

　일종의 현실에 대한 도피라고 할 수 있을 것입니다. 또한 모든 것을 상실한 것 같은 세상의 끝에 그는 홀로 서 있는 것 같은 외로움과 자신의 예술을 인정받지 못하는 것에 대한 서러움, 혹시나 자신이 귀를 자르는 것 같은 행동을 하면 떠나려던 고갱이 자신에 대해 마음을 돌릴 수 있을 것이라는 생각을 했는지도 모릅니다. 그러한 여러 가지 복합적인 것이 작용하여 고흐는 자신도 모르게 스스로 귀를 자른 것이 아닐까 싶습니다.

　확실한 것은 당시 고흐의 내면의 세계는 너무나 힘들고 아팠다는 것입니다. 자신을 둘러싼 모든 현실을 그는 버티기가 힘들었습니다. 그는 경제적으로도 너무 힘들어 그림에 필요한 도구도 구하기 어려웠고 식사도 제대로 하지 못하며 생활해야 했습니다. 돈이 없어 물감이나 캔버스를 사지 못할 때에는 그냥 연필로 데생을 해야만 했습니다.

　고흐가 죽기 전까지 그의 작품은 거의 상업적으로 성공을 거두지 못했습니다. 팔린 작품은 몇 개 되지도 않았을뿐더러 인정을 받지도 못했습니다. 고흐가 죽은 후 약 100년 정도가 지난 1987년 3월 런던의 크리스티 미술 경매장에서 그의 '해바라기' 그림은 3,629만 2,500달러, 약 430억이 넘는 가격이 팔렸으며, 1990년 5월에는 그의 '가세 박사의 초상화'가 8,250만 달러, 약 920억 원에 낙찰이 되었습니다.

　고흐는 그가 살아 있는 동안 자신의 원했던 그러한 삶을 누리지 못한 채 정신적으로 힘든 상황에서 살아가야 했습니다. 결국 그는 헤어 나올 수 없는 절망감에 1890년 7월 27일 자기 가슴에 권총의 총구를 향하게 하고 방아쇠를 당깁니다. 그의 나이 37세였습니다.

귀를 잘랐을 당시 고흐의 자화상

내가 울지 않을 수 있으니

정 태 성   값 12,000원

초판발행   2022년 12월 15일
지 은 이   정태성
펴 낸 이   도서출판 코스모스
펴 낸 곳   도서출판 코스모스
등록번호   414-94-09586
주   소   충북 청주시 서원구 신율로 13
대표전화   043-234-7027
팩   스   050-4374-5501

ISBN 979-11-91926-53-8